新 漢詩の風景

CD付

石川忠久著

大修館書店

赤壁（©シーピーシー、152ページ参照）

桃花潭（Ⓒシーピーシー、231 ページ参照）

烏江（Ⓒシーピーシー、149 ページ参照）

モンゴルの平原とゲル（©シーピーシー、68 ページ参照）

黄河の夕暮れ（©シーピーシー、74 ページ参照）

易水の夕暮れ（©シーピーシー、233 ページ参照）

マルセイユの港（©JTBフォト、182ページ参照）

はしがき ──『新漢詩の世界』『新漢詩の風景』の刊行に当って

「一陽来復」、古典を見直し、漢詩の味わいを再確認しようという風気が、少しずつ湧き起こってきたような気がする昨今です。〝ゆとり教育〟のあおりを受けて、国語の授業時間が大幅に削られましたが、早くも是正の動きが出ています。

私の周囲でも「漢字文化振興会」の活動が小さいながら活発に行われ、また「全日本漢詩連盟」が三年前に発足、次第に輪を拡げています。

かかる折、大修館書店から、一九七五年に出版して今なお根強い読者の支持を得ている『漢詩の世界』と『漢詩の風景』を、この際、新たに出し直したい、との申し出を受けました。私にとっても、もとより否やはありません。

漢詩はとっつきにくいところがあるため、そのおもしろみ、深い味わいなど、十分に尽すことは、言うほど簡単なことではありません。外見の固さのために入り口を狭くしているところがある、といえましょう。
その固さを釈《と》きほぐすために、この書では思い切って、話す調子で、平易に書くことを試みました。原詩があって、語釈があって、通釈があって、という従来の参考書のスタイルを避けたのです。語釈も通釈もだいじですが、それをみなくだいて中に入れこみ、詩の心を汲むことを主眼にしました。

右は、『漢詩の世界』の元の版の「はしがき」の一部です。姉妹編である『漢詩の風景』でも、同じ方針で執筆しました。『世界』では、漢詩の流れ、仕組みなどを扱い、『風景』では、発想、音の効果などの漢詩のはたらきの部分を主に扱いました。両書とも、中国・日本の名詩で、日本人にもっとも愛誦されているものを選んであります。

このたび、両書を新しくするに当っては、本の版型・装幀・口絵などの外見に止《とど》まらず、鑑賞の便宜を考えていくつかの詩を『風景』から『世界』へと移したり、また、新しい見方、考え方に基づく加筆・訂正を相当施しました。

さらに、従来は、別売りカセット（両書で計三巻）に収録していた詩吟などを、中国語による吟詠と唐代中国語音の復元を中心に整理してCD化し、両書それぞれに一枚ずつ、付録としてつけました。漢詩の鑑賞に、大いに興味を添えるものと思います。

『漢詩の世界』を初めて世に問うてから三十年余、この間、NHKテレビで「漢詩紀行」、ラジオで「漢詩をよむ（後に、漢詩への誘い）」を担当し、また多くの漢詩解説・鑑賞の書を著しました。今、その原点ともなった両書を、このように再び世に問うことは、まことに感慨なきを得ません。

「漢詩は世界最高の詩歌である」とは、私の口ぐせです。両書とも、どこからでも読める、肩のこらない読み物のつもりで書きました。いかにも小さいものではありますが、これによって最高の詩の世界を少しでも味わっていただければ幸いです。

なお、旧版では小池勝利氏および大修館書店の鈴木隆氏に、またこの新版では同じく円満字二郎氏にお世話になったことを記し、感謝の意を表します。

二〇〇六年二月

東京・九段の愛吾楼にて
石川　忠久

新漢詩の風景／目次

I　漢詩のことば

1　詩人とことば

詩はきまった枠の中で物事を表現するため、散文の場合よりずっと、ことばのはたらきや効果が重視されます。一字といえどもゆるがせにできない、といっても過言ではありません。ことに絶句のように短いもの、五言絶句ならわずか二十字、七言絶句なら二十八字といった形では、一字の重みはいうまでもないことです。

詩のことばのはたらきは、いろいろな面から追求されます。意味の上からばかりでなく、語の背後にあるもの、連想や比喩のはたらき、さらには字面の視覚的効果、音声の聴覚的効果など、限られた形の中で、詩人はいろいろ工夫を凝らすものですから、読むほうでもそのことを十分注意してかかる必要があります。

この章では、こういった詩のことばのはたらきについて、いくつかの例を引いて説明してみたいと思います。

「推《お》す」と「敲《たた》く」と

推敲《すいこう》という話があります。賈島《かとう》（七七九―八四三）という詩人がまだ僧侶の時、「李凝《りぎょう》の幽居《ゆうきょ》に題《だい》す」という詩を作りました。その中で、

鳥 宿 池 辺 樹　　鳥《とり》は宿《やど》る　池辺《ちへん》の樹《じゅ》

の対句として、

僧 推 月 下 門　　僧《そう》は推《お》す　月下《げっか》の門《もん》

というのをまず考えました。そのうち「僧は推す」より「僧は敲《たた》く月下の門」のほうがよいのではないか、という気になり、決めかねて、手で推したり敲いたりの格好をしながら歩いていると、当時都の長官をしていた韓愈《かんゆ》（七六八―八二四）の行列にぶつかりました。わけを聞いて、韓愈も詩人ですからおもしろがり、しばらく考えて「敲く」がよかろうと判定した、ということです。これが機縁になって賈島は還俗し、韓愈の門下となり、進士の試験にも合格することになります。

それはさておき、この二つの語の違いはどういうことでしょうか。この二句は、李凝という人の閑居の様子を描こうとしたもので、まず詩全体を紹介しておきましょう。

題李凝幽居
閑居少鄰並
草径入荒園
鳥宿池辺樹
僧敲月下門
過橋分野色
移石動雲根
暫去還来此
幽期不負言

李凝《りぎょう》の幽居《ゆうきょ》に題《だい》す
閑居《かんきょ》　鄰並《りんぺい》少《すく》なく
草径《そうけい》　荒園《こうえん》に入《い》る
鳥《とり》は宿《やど》る　池辺《ちへん》の樹《じゅ》
僧《そう》は敲《たた》く　月下《げっか》の門《もん》
橋《はし》を過《す》ぎて野色《やしょく》分《わ》かれ
石《いし》を移《うつ》して雲根《うんこん》動《うご》く
暫《しばら》く去《さ》って還《ま》た此《ここ》に来《き》たる
幽期《ゆうき》　言《げん》に負《そむ》かず

静かなすまい、隣近所の家もない。草の生い茂る小道が荒れた庭へとずっと続いている、という二句のあとに、問題の対句がきます。池のほとりの木々には鳥が宿っている、というのは、夜、鳥が木のねぐらに帰って寝ていることで、それがわかるのは葉が落ちて木がだいぶすけていて、月が明るくあたりを照らしているためでもあります。つまり、晩秋の夜の隠者のすまいの静かな情景がこの五字にとらえられています。その句に対して、月の光のさす中を、一人の僧が――これは作者自身をいうものでしょう――ソッと門を推して入って来る、というのが「僧は推す月下の門」、ホトホトと門を叩くのが「僧は敲く月下の門」です。

秋の、冴《さ》え冴《ざ》えとした月の光に照らされた隠者のすまい。池のほとりの木々には点々と黒い鳥の宿るさま。

そこに一人の僧の墨染めの衣を着た黒い姿。推す、といえば音はしません。スッと入ってくる。これも静かな一つの情景。しかし、ここでは、戸を敲く軽い音の響きが、辺りの静寂さをより際立たせる効果があるようです。また月の光と黒い衣の僧との対照がよりくっきりと印象づけられるように思われます。韓愈が、「敲」の字がよろしい、といったのも、およそこういう意味だと思います。

「推敲」ということばは、今も、文章を練るという意味に使われますが、詩人が一字の違いに骨身を削るという例によく引合いにだされる話です。なお、賈島にはおもしろい詩があります。

題詩後

二句三年得
一吟双涙流
知音如不賞
帰臥故山秋

詩後《しご》に題《だい》す

二句《にく》 三年《さんねん》に得《え》
一吟《いちぎん》 双涙流《そうるいなが》る
知音如《ちいんも》し賞《しょう》せずんば
故山《こざん》の秋《あき》に帰臥《きが》せん

たった二句の対句に三年かかった。できあがって吟ずると涙があふれる。この句のよさを知る人がなければ、故郷に帰って寝てしまえ、というのです。いかにも苦吟派の賈島らしい作ではあります。

南山・東山・西山

一字の違いでやかましいものに、もう一つ、陶淵明《とうえんめい》の「飲酒　其の五」（一六三ページ参照）の「見南山」（南山《なんざん》を見《み》る）があります。ここでは違いの部分だけ問題にしますと、

采　菊　東　籬　下　　菊《きく》を采《と》る東籬《とうり》の下《もと》
悠　然　見　南　山　　悠然《ゆうぜん》として南山《なんざん》を見《み》る

の「見」は、梁《りょう》の昭明太子の編纂《へんさん》した『文選《もんぜん》』の古い版本では「望南山」（南山を望む）となっているのです。これについて宋の蘇東坡《そとうば》は、「菊を采ることによって山を見るのであり、そこに自然と作者の心とが合致し、妙所がある。望南山では一篇の玄妙な味はしらけてしまう」と評しました。つまり、菊を採ろうとしたのであって、山を望み見ようとしたのではなく、たまたま首《こうべ》を挙げたら山が見えた。そこに悠然とした深い味が漂う、ということです。「見」という語は無意識的に見ること、目を開けていると目に入ってくること、「望」という語は意識的に見ること、小手でもかざして見やること、という字義の違いがあります。そのわずかな違いが、実はこの詩の生命にもかかわる大きな差異となるという、蘇東坡先生の高説、いうこともあって、これ以後「望南山」は影をひそめ、千古の鉄案のごとく、衆説は定まりました。このことの当否については、いささか異見（一六七ページ参照）を述べておきましたので、そちらに譲るとして、確かに一字の違いの波紋は、詩全体に及ぶこともある、ということは納得される事柄でありましょう。

ところで、ここにとらえられた「南山」について、少し考えてみることにします。「南山」はいうまでもなく南の山なのですが、単なる南の山という方角を表すにとどまりません。どっしりした、変わらないものの象徴としての意味があるのです。さればこそ慕わしいものとして人の目に映り、深い詩境にふさわしいものとしてうたわれるのです。

南山がなぜそういう意味をもつようになったか。そのおおもとは『詩経』です。『詩経』の「小雅《しょうが》、天保《てんぽう》」に「南山《なんざん》の寿《じゅ》の如《ごと》し、騫《か》けず崩《くず》れず」という句があります。この南山は周の都鎬京《こうけい》の南に連なる終南山ですが、どっしりと根を張るその姿は、人々の目に印象強く映ったことでしょう。欠けもせず、崩れもしない南山、そのように人の命も長くありたい、ということから、「南山之寿《なんざんのじゅ》」という語が固定されてきますし、終南山という実際の山から離れて、一つのイメージを負ったことばとなって用いられます。陶淵明の場合、見える南山は廬山《ろざん》なのですが、悠然として廬山を見る、といったのではこのイメージは出てこないのです。廬山といってしまったのでは、ただそれだけであるのに対し、南山といえば、『詩経』の南山とダブって、ふくらんだ意味がでてくる、というわけです。

このことを知らずにこの詩を読むと、作者の意図を十分に汲みとることはできません。見える山はどちらの方向でも同じだ、と思うとたいへんです。かりにこれが「東山」だったらどうなるか。それは全く違った意味になります。「東山」の語には、世俗を離れた高尚な暮し、のイメージがあります。

それは、『世説新語《せせつしんご》』という、五世紀半ばに編纂された、貴族のエピソードを集めた書に載っている謝安《しゃあん》の故事に基づきます。東晋王朝の宰相となった謝安は、初め世俗を離れて会稽《かいけい》（浙江省）の東山に高臥（隠棲）して風雅な日を過ごしていました。時には美しい山水に遊び、時には舟を海に浮べ、また妓女たちと戯れる、というような暮しをする間に、その人物の器量が喧伝《けんでん》されて、やがて王朝を背負って立つ存在になりました。ですから、「東山高臥《とうざんこうが》」の語には、ただの隠遁とは違う、風流な味わいが漂います。高適《こうせき》の詩にも「一臥東山三十春」（一《ひと》たび東山《とうざん》に臥《ふ》して三十春）の句があります。陶淵明の詩が、もし「悠然見東山」だったら、淵明先生、妓女の一人もかたわらにたずさえて、悠々と世を忍ぶ姿になってしまいます。

山と方角の話がでたついでに、西山の語にもふれておきましょう。西山、というと日の入る方角ですから、ふつう人生の晩年を意味します。西晋の李密の「陳情表《ちんじょうのひょう》」に、九十六歳になる祖母のことを、「日《ひ》は西山《せいざん》に薄《せま》りて、気息奄奄《きそくえんえん》たり」と形容しています。また、「彼《か》の西山《せいざん》に登《のぼ》りて、その薇《び》（わらび）を采《と》る」とうたって餓死した、周の初めの伯夷《はくい》・叔斉《しゅくせい》の故事も思い起されます。むろん、『唐詩選』にもある常建《じょうけん》の詩「西山」のように、これらのイメージと無関係な「西の山」もありますが、また陶淵明に例をとるなら、あそこで西山を眺めれば、俺も先が長くないなあ、という歎息がもれるかも知れません。

北山、という語には、特定のイメージはないようです。もっとも「北邙山《ほくぼうざん》」といえば、後に述べる沈佺期《しんせんき》の詩（二四九ページ参照）にあるように、死者の世界になります。また、『詩経』の小雅に「北山」という篇があり、苦役のため父母を養えない怨みをのべることから、この方角の山にはあまりよいイメージはないと言えましょう。

以上のように、方角と結びついた山が、単にそれだけにとどまらず、特定の意味あいをもち、詩全体の趣と深く関わることをみてきました。

『楚辞』のイメージ

次に、王維《おうい》の「輞川集《もうせんしゅう》」より二首選んで、ことばのはたらきを別の角度からさらに考えてみることにします。

椒園

桂尊迎帝子
杜若贈佳人
椒漿奠瑤席
欲下雲中君

椒《しょう》園《えん》

桂《かつら》の尊《たる》もて帝子《ていし》を迎《むか》え
杜若《とじゃく》をば佳人《かじん》に贈《おく》る
椒漿《しょうしょう》 瑤席《ようせき》に奠《そな》え
雲中君《うんちゅうくん》を下《くだ》さんと欲《ほっ》す

この詩は、王維の別荘の中の山椒のはたけで詠んだものです。なお、関連作として「竹里館《ちくりかん》」（二四四ページ参照）「鹿柴《ろくさい》」（『新漢詩の世界』五六ページ参照）があります。全体の意味は、匂いのよい桂の木の樽に酒をなみなみ満たして帝《みかど》のみこ（女神のこと）を迎え、杜若（かきつばたではなく、やぶみょうがという香草）を美しいかた（女神のこと）に贈る。山椒の香りの飲物を玉のむしろにおそなえして雲の神を呼びおろそう、という意味です。ここに使われている、帝子、杜若、佳人、椒漿、雲中君、の語はすべて『楚辞《そじ》』の「九歌」という歌にでてくる語です。つまりこの詩は、山椒のはたけ、ということによって「椒漿」の語を思いつき、この語によって連鎖的に楚辞の語がでてきた、という感じの作品なのです。ことばの連想によって楚辞の世界に遊ぼうとする詩です。楚辞的イメージをうたう詩、といってもよいでしょう。

木蘭柴
秋山斂余照
飛鳥逐前侶
彩翠時分明
夕嵐無処所

木蘭柴《もくらんさい》
秋山《しゅうざん》　余照《よしょう》を斂《おさ》め
飛鳥《ひちょう》　前侶《ぜんりょ》を逐《お》う
彩翠《さいすい》　時《とき》に分明《ぶんめい》
夕嵐《せきらん》　処所《しょしょ》無《な》し

木蘭柴は、もくせいの木の植えてあるところです。柴は柵の意で、柵で囲ってあるものとみえます。秋の山に夕焼けがうすれ、ねぐらへ帰る鳥が先ゆくつれを追って飛ぶ。

前半の二句は、第一句が謝霊運の、第二句が陶淵明の世界です。謝霊運は夕日の微妙な変化をとらえた美しい描写が数々ありますが、中でも「石壁精舎《しょうじゃ》より湖中に還る作」（八七ページ参照）の

林壑斂暝色
雲霞収夕霏

林壑《りんがく》　暝色《めいしょく》を斂《おさ》め
雲霞《うんか》　夕霏《せきひ》を収《おさ》む

という対句が有名です。林や谷に暗い色が集まり、夕焼け雲に赤みが消えゆく（霞は、かすみではなく、夕焼けのこと）、と。

この句は、この王維の詩に密接に関連するでしょう。陶淵明はいうまでもなく、例の「飲酒」の、

山気日夕佳　　山気《さんき》日夕《にっせき》に佳《よ》く
飛鳥相与還　　飛鳥《ひちょう》相与《あいとも》に還《かえ》る

です。

このように、六朝《りくちょう》の二人の詩人の句への連想から、その澄明な世界をここへ引き込み、この地の雰囲気を表出しようとします。そうして、その雰囲気を背景として、後半の二句が導きだされます。

彩翠とはいろどりのある緑、木々が緑色である中に、赤やら黄やらに色づいた葉の木がまじっていることです。その秋の山の美しいいろどりが、一時《いっとき》くっきりとする。その時は夕嵐（夕暮の山がすみ）はどこにもたなびいていない、というのが二句の意味です。前半の清澄さを背景にするが故に、夕もやでボヤけた状態ではない、スッキリとした山の美しさが鮮明に読者に印象づけられます。

ところで、問題は「無処所」の語です。これは宋玉《そうぎょく》（前二九〇―前二二三）の「高唐《こうとう》の賦《ふ》」という、巫山《ふざん》の神女と楚の王様との色恋を描いた文に用いられている語で、巫山の神女が朝やけの雲になって表れ、さまざまな形をとるが、風がやみ雨があがると、雲は処所無し、すなわち雲は居りどころがなくなって消えてしまう、というのです。ですから、ここで、「夕嵐　処所無し」といったのは、巫山の神女の朝やけ雲の連想から、夕がすみのなまめかしい美しさなどでる幕はない、ここはくっきりとした秋の美しさが支配しているのだ、というニュアンスになります。しかも、「高唐の賦」のこの語は、王維の輞川の別荘の前の持主だっ

た宋之問《そうしもん》の詩にも用いられていますので、ここでは一層適切な用法だということになります。「無処所」の三字のもたらす効果は、このように波及してきます。夕もやが消えた、ということを表現するにも、ほかの語ではこれだけのふくらみは出ないわけです。

山河と山川

ことばのもたらす効果について、今度は日本人の詩を例にあげてみましょう。有名な乃木将軍の詩「金州城下の作」（『新漢詩の世界』一七〇ページ参照）に、「山川草木《さんせんそうもく》　転《うた》た荒涼《こうりょう》」という句があります。これは将軍の日記によると、最初は「山河草木　転た荒涼」だったようです。それを後に「山川草木」に改めたといいます。この改作について、私は最初あまり気にとめていなかったのですが、よく見ているうち、そこに微妙な差異があることに気がつきました。

語の意味からいえば、山河も山川も同じくやまとかわです。しかし、語の背後にあるものを考えてみますと、「山河草木」といった時、思い出されるのは、杜甫の「春望《しゅんぼう》」（『新漢詩の世界』一四二ページ参照）の「国破れて山河在り、城春にして草木深し」です。安禄山《あんろくざん》の乱で破壊しつくされた長安の都と対比された、変わらぬ自然の姿をうたうものです。国都長安は破壊されて山や川の姿がくっきりと見え、町々には春が来て草や木が人事の興亡をよそに生い茂る。ですから、「山河草木　転た荒涼」といった時、読者の脳裏には、杜甫の「春望」における荒廃の情景が浮かぶことになります。

それでは「山川草木」といったらどうなるのか。たった一字の違いですが、もう「春望」は浮かびません。

今度は、次の句の「十里《じゅうり》　風《かぜ》　腥《なまぐさ》し　新戦場《しんせんじょう》」及び「征馬《せいば》前《すす》まず　人語らず」などの語との関連によって、唐の李華《りか》の「古戦場《こせんじょう》を弔《とむら》う文《ぶん》」が浮かんできます。この文には「山川震眩《しんげん》す」（山も川も戦争のさまに驚きくらむ）や、「草木凄悲《せいひ》す」（草木もいたみ悲しむ）や、「征馬も踟躕《ちちゅう》す」（軍馬も足が進まない）の語がでてきますし、屍がころがり血が満ちあふれるという表現もあります。ですからこちらのほうがよりむごたらしい戦場の様子が生々しく迫ってきますので、将軍がこの「山河」を「山川」に変えたのは、そうすることによって、李華の描いた情景といっそう密接に関連づけようとした、と思います。金州城外の悲惨な情景はまさしく李華の描いた「古戦場」をふまえて展開した「新戦場」なのでした。こうみてくると、たしかに「山川」のほうが、より効果的なことがわかります。

ことばというものは不思議なもので、そのもつ意味のほかに何かがこびりつくことがあり、特殊な感覚を伝えるのです。詩人は限られた形の中にその感覚を生かして、語の量以上のふくらみをもたせるようにします。どの国の詩歌にもあることなのでしょうが、漢詩の場合は最も密度の濃い表現がなされる、と言えましょう。

2　ことばの連想

「野」のニュアンス

連想がいかにたいせつか、ということは今までの話でもおわかりいただけたと思いますが、ここではもう少し例を引きながら説明を加えていきます。

「中野」という語があります。唐突ですけれど、この語を見て何か感ずるものがあるでしょうか。これはわれわれは、ナカノと読んで人名や地名に普通に用いる語で何の変哲もないものですが、元来漢語としてはある一定のニュアンスをもつものです。中野さんにはちょっとお耳障りでしょうが、実はこの語には不吉な響きがあります。最も古くは『易経《えききょう》』の中に、「これを中野《ちゅうや》に葬《ほうむ》る、封《ほう》ぜず樹《じゅ》せず」とあります。野原の中に葬り、土盛りもしなければ木も植えない、捨てたように葬る、という意味です。また『管子《かんし》』にも「善《よ》く射《い》る者《もの》は、中野《ちゅうや》に死《し》す」とあります。こうして後世の詩人は「中野」の語にそのような意味あいをみてきました。魏の曹植《そうち》の詩「応氏を送る」に、「中野《ちゅうや》　何《なん》ぞ蕭　条《しょうじょう》たる、千里《せんり》　人煙無《じんえんな》し」という句がありますが、これはただ野原がものさびしい、の意にとどまらず、そこに死骸がごろごろころがっているようなイメージが浮んでくるわけです。

「野」の語には野原の意のほかに野蛮、野鄙《やひ》の意があります。これに関連しておもしろい話を紹介しましょう。

日清戦争より前、まだ中国と日本が友好的な時代に、中国のある海軍士官が大阪港に停泊して町の方へ遊びに来ました。ふと見ると学校で幔幕《まんまく》などを張りめぐらせて式典をやっています。興味をそそられて近づいてみると、「北野《きたの》中学校開校式」と書いてあります。その士官はこの名を見て異様な感じがしたといいます。その時、この士官は北野中学で珍客として歓迎を受けたのですが、それはとにかく、彼はその時の「北野」という名が印象に残りました。つまり、この語は「北の野蛮」の意ですから（中国では昔北方に未開の異民族がいました）、学校の名としておかしいな、と思ったのです。その士官は張伯苓《ちょうはくれい》という人ですが、後に海軍を退いて教育にたずさわり、天津に南開中学を設立しました。「南開」はすなわち「北野」の反対です。北の野蛮に対して南の開けた地の意でつけたものです。この学校は名門校となり、後に周恩来さんなども出ています。われわれは「北野」といえば天神様を連想するぐらいですが、漢語の感覚としては、パッと「南開」の反意語がでてくるようなものなのです。

また「野」に関連して、劉禹錫《りゅううしゃく》の「烏衣巷《ういこう》」（『新漢詩の世界』一八五ページ参照）の「朱雀橋辺《しゅじゃくきょうへん》 野草《やそう》の花」の句が思い出されます。朱雀橋というのはいかにも雅びやかな名前の橋です。それに対する野草の花、この野が雅の反対で、鄙《ひな》びているの意ですから、朱雀橋とは好対照になります。ここに栄枯盛衰の理が自然に迫ってくるわけです。ついでにつけ加えますと、「野菜」という語は、今の日本語では普通に食べる植物をいいますが、漢語としては食べられないものを指します（現代中国語では食べられるほうを蔬菜《スーツァイ》といい、食べられないほうを野菜《イエツァイ》といいます）。以上を前置きとしまして、ことばの連想をいくつかの項目別にあげていきます。

一　植物

春草　春の草は、わが国ではたとえば『万葉集』などで「春の野に出でて若菜つむ…」といったように、恋情、逢引の場面につきものですが、中国では普通は離別のイメージ、感傷のイメージです。それは『楚辞』の「招隠士《しょういんし》」の、「王孫遊《おうそんあそ》びて帰らず、春草生じて萋萋《せいせい》たり」の句に基づきます。王様の孫（実は屈原《くつげん》をさす）は春の草の萋々と生《お》い茂る時分に遊びに出たまま帰って来ない、の意で春草が無情に生い茂るのと別離の悲しみとがうまくとけ合い、感傷的な気分が漂うのです。たとえば王維の「送別」（五言絶句）を見ますと、「春草年年緑《しゅんそうねんねんみどり》なり、王孫帰《おうそんかえ》るや帰《かえ》らざるや」、春の草は毎年緑に茂るのに、王孫はいったい帰って来るのだろうか、という句があります。またそれを逆にひねり、同じ王維の「山居秋暝《さんきょしゅうめい》」（五言律詩）では、「随意《ずいい》なり春芳《しゅんぽう》の歇《や》むこと、王孫自《おうそんおの》ずから留《とど》まるべし」、春草が枯れてしまおうと勝手にするがよい、王孫はここに留まるのだ、の句もあります。

傑作として名高い崔顥《さいこう》の「黄鶴楼」にも春の草がでてきます。

晴川歴歴漢陽樹　　晴川《せいせん》歴歴《れきれき》たり　漢陽《かんよう》の樹《じゅ》
芳草萋萋鸚鵡洲　　芳草《ほうそう》萋萋《せいせい》たり　鸚《おう》鵡《む》洲《しゅう》

晴れわたった川の向こうに漢陽の町の樹々がはっきり見える、という遠景の描写に続いて、かぐわしい草が目の下の鸚鵡洲という中洲に生い茂っているという近景。この芳草萋萋には、この中洲で曹操《そうそう》に殺された禰衡《でいこう》という薄倖《はっこう》の詩人を傷む気分がこめられています。禰衡は若くして文名高く、「鸚鵡賦《おうむのふ》」を作りましたが、曹操に殺されました。つまり『楚辞』の世界における王孫が禰衡に当たります。「芳草萋萋たり鸚鵡洲」と口ずさんだ時、そこに若い才子を悼むやるせない感傷の気分が漂うのです。

柳・楊柳　別離のイメージです。春の、まだほかの木がまる裸の時に、柳が真っ先にうすい黄緑色の花をつけ、続いて青い葉が芽ぶきます。その芽ぶいた柳の枝を手折って旅に出る人に餞《はなむけ》にする、というならわしが中国では古くからあります。これには、柳《りゅう》と留《りゅう》と音が通ずるところから、引き留めようとする気持を表すのだとか、柳の枝を丸くして環《わ》を作って、環《かん》と還《かん》と音が通ずるから「早くお還《かえ》り」の意だとか理由がつけられていますが、もともと古代社会の迷信か何かからでたならわしなのでしょう。

柳が別離の場にでてくる例は非常に多い。別離の詩の代表ともいうべき王維の「元二の安西に使するを送る」（『新漢詩の世界』一〇五ページ参照）にも、まず「渭城《いじょう》の朝雨《ちょうう》　軽塵《けいじん》を浥《うるお》す、客舎《かくしゃ》青青《せいせい》　柳色《りゅうしょく》新《あら》たなり」と、雨に洗われた青い柳がでてきます。

柳（唐詩画譜）

また、柳の枝を折るということが歌の題になり、「折《せっ》楊柳《ようりゅう》」という歌曲ができました。つまりきまったメロディーが定まり、それに合わせて歌詞をつける、というふうにし、たくさんの「折楊柳」歌が作られました。王《おう》之渙《しかん》の「涼州詞《りょうしゅうし》」（『新漢詩の世界』一五七ページ参照）に、「羌笛何《きょうてきなん》ぞ須《もち》いん楊柳《ようりゅう》を怨《うら》むを」というのは、羌族の芦《あし》笛が、この曲のメロディーを吹いているのです。

柳では、隋堤《ずいてい》の柳もよくうたわれます。隋の煬帝《ようだい》が洛陽から揚州まで舟で行けるように運河を開き、その両岸に柳を植えました。隋は煬帝の放蕩によってわずか三十年で亡びましたが、運河の堤の柳は大きな木となってみごとな緑をつけ、唐の人々の懐古の情をさそうことになります。

蓬　蓬を「よもぎ」と訓じていますが、日本でいうよもぎとは違い、秋になって枯れると丸くなり、風に吹かれてコロコロ転がる植物です。アカザの一種ということです。音で「ホウ」と読むのがよいでしょう。

一つは蓬がコロコロと転がってゆくことから、「蓬飛《ほうひ》」「転蓬《てんぽう》」の語があり、頼りない旅、放浪の旅のイメージになります。たとえば李白の「友人を送る」（『新漢詩の世界』一〇八ページ参照）では、

此地一為別　此《こ》の地《ち》一《ひと》たび別《わか》れを為《な》し

孤蓬万里征　　孤蓬《こほう》　万里《ばんり》に征《ゆ》く

と、孤蓬、つまり孤独な蓬といっております。いかにも心細げな旅、左遷とか、就職に失敗してつてを求めるとかの、ショボクレた感じがでています。わが国最初の漢詩集である『懐風藻《かいふうそう》』に、安倍広庭《あべのひろにわ》（六五九―七三二）の「秋日長王《しゅうじつちょうおう》の宅《たく》にて新羅《しらぎ》の客《かく》を宴《えん》す」という詩がありますが、遠く新羅の国（今の韓国）からお使いに来た客を慰めるのに、

傾斯浮菊酒　　斯《こ》の菊《きく》を浮《う》かべる酒《さけ》を傾《かたむ》け
願慰転蓬憂　　願《ねが》わくは転蓬《てんぽう》の憂《うれ》いを慰《なぐさ》めん

といって、客人の旅を「転蓬」にたとえています。これはどうも適切な表現とは言い難く、正式の使者として来ている人には失礼に当たったかもしれません。まだこの当時の日本人は漢詩を作るのに精一杯で、そこまで気がまわらなかったのでしょう。

蓬のもつイメージのもう一つは、粗末、乱雑ということです。どうもこちらのほうは、前のとは違う種類で、ヒメジョオンの一種らしい。もじゃもじゃの髪の毛を「蓬髪《ほうはつ》」というのは、蓬の生い茂る形状からきたものでしょう。また、蓬戸・蓬門の語は粗末な家を意味します。隠者、貧乏人などのすまいの、何も手を加えないオンボロの家というニュアンスです。たとえば杜甫の「客至る」詩の中に、

花径不曾縁客掃　　花径《かけい》　曾《かつ》て客《かく》に縁《よ》って掃《はら》わず

蓬門今始為君開　　　　蓬門《ほうもん》今始《いまはじ》めて君《きみ》が為《ため》に開《ひら》く

花の小みちは客が来ないので掃除をしたことがないが、今日はあなたの為にわが家の門を開けました、という句があります。隠居暮しの粗末な自分の家を蓬門といっているのです。

松・松柏　松は異名を十八公《じゅうはちこう》といいます。木偏を分解すると十八になり、右の旁《つくり》が公だからです。また五《ご》大夫《たいふ》という異名もあります。秦の始皇帝が泰山に登ったとき、あいにく吹き降りにあいました。ふと見ると大きな松の木があったので、これ幸いとその陰に雨やどりすることができました。そこでその松に五大夫の位（秦の時代の爵位）を授けてやったということです。

松のイメージとしては、高雅と節操です。隠者のすまいなどには欠かせない道具立てになります。陶淵明の「帰去来《ききょらい》の辞《じ》」にも、

景翳翳以将入　　　　景《ひ》は翳翳《えいえい》として以《もっ》て将《まさ》に入《い》らんとし
撫孤松而盤桓　　　　孤松《こしょう》を撫《ぶ》して盤桓《ばんかん》す

日の暮がたに、庭にすっくと立つ一本松を撫《な》でながら、いつまでもたちつくしている、という場面です。あとに紹介する賈島の「隠者を尋ねて遇わず」（一五六ページ参照）では、松の木の下で童子に隠者のゆくえを尋ねています。

柏《はく》も松と同じく常緑樹で、松柏、と並べて用います。「かしわ」と訓じますが、ひのきの一種で「このて

がしわ」というものです。『論語』に、「歳寒くして松柏の凋《しぼ》むに後《おく》るるを知る」というように、なべての木々が葉を落とすときに、青々とした緑をつけている、そこに節操の高さをみるわけです。しかし、松も柏もお墓に植える木なので、諸行無常のニュアンスもでてきます。沈佺期《しんせんき》の「邙山《ぼうざん》」（二四九ページ参照）では、「山上只だ聞く松柏の声」といい、ゴーンと鐘の音でも聞えてきそうな感じです。杜甫の「蜀相《しょくしょう》」では、「錦官城外《きんかんじょうがい》　柏森森《はくしんしん》」と、諸葛孔明《しょかつこうめい》のお墓に柏が鬱蒼と生い茂っている情景が描かれています。松も柏も常緑の大木ですから、古い社《やしろ》やお寺の雰囲気の道具立てになります。

竹　竹の異名は「此の君」といいます。これは『世説新語』にある王徽之《おうきし》の話に基づきます。王徽之は書の名人王羲之《おうぎし》の息子で字《あざな》を子猷《しゆう》といいますが、たいへんな竹好きで、いつも竹を見ては、此の君がなければ一日も暮せない、と言ったということです。王子猷は風流人です。竹の高雅な姿が風流人の好みにあったのでしょう。

これより百年ほど前、魏晋の間（三世紀）に「竹林の七賢」と呼ばれる賢人たちがおりました。彼らは竹の林の中で、酒を飲んだり、琴を弾《ひ》いたりして遊んだことから、竹林は高尚の士、風雅の士の環境を意味するようになったのです。世俗を離れた奥深い感じで、王維の「竹里館」（二四四ページ参照）の「独《ひと》り坐《ざ》す幽篁《ゆうこう》（竹の林）の裏《うち》」の句がその典型といえます。

宋の蘇軾《そしょく》におもしろい詩があります。「緑筠軒《りょくいんけん》」という十句から成る詩です。

緑筠軒

食可使無肉
居不可無竹
無肉使人痩
無竹使人俗
人痩尚可肥
俗士不可医
傍人笑此言
似高還似痴
若対此君仍大嚼
世間那有揚州鶴

緑筠軒《りょくいんけん》　蘇《そ》　軾《しょく》

食《しょく》　肉《にく》無《な》からしむべきも
居《きょ》　竹《たけ》無《な》かるべからず
肉《にく》無《な》きは人《ひと》をして痩《や》せしむ
竹《たけ》無《な》きは人《ひと》をして俗《ぞく》ならしむ
人《ひと》の痩《や》せるは尚《な》お肥《こ》ゆべし
俗士《ぞくし》は医《い》すべからず
傍人《ぼうじん》　此《こ》の言《げん》を笑《わら》う
高《こう》に似《に》たり　還《ま》た痴《ち》に似《に》たりと
若《も》し此《こ》の君《きみ》に対《たい》して　仍《な》お大嚼《たいしゃく》せば
世間《せけん》　那《なん》ぞ揚州《ようしゅう》の鶴《つる》有《あ》らん

食べ物に肉が無くてもいいが、すまいには竹が無くてはならない。食事に肉が無かったら、人は痩せる。すまいに竹が無かったら、人は俗になってしまう。人の痩せたのは太らすこともできようが、俗人は治すことができない。かたわらにいる人は、わたしのこのことばを笑う。高士のようでもあり、痴人のようでもあると。もしも此の君、竹に対して、これをおおいに味わうならば、世間に揚州の鶴などいるものか。

揚州の鶴とは次のような話です。昔、四人の男がそれぞれ望みを言うことになって、まず一人が、おれは揚州へ行きたい、揚州は花の都だから、と言います。次の一人は、おれはお金がほしい、十万貫ぐらい、と。次は、おれは鶴に乗りたい、鶴に乗って空を翔《か》けめぐったらさぞいい気持だろう、と。すると四番目の男は、おれは腰に十万貫をつけて、鶴に乗って揚州に行くんだ、と言った、ということです。三人の欲望をあわせそなえたわけで、つまり揚州の鶴とは人間の欲望の象徴です。

だからこの詩は、竹さえあればほかに何もなくてよい、ということをふざけた調子でうたったものです。

梅　梅の異名を花魁《かかい》といいます。花の中で一番の首領だ、という意味です。梅は清らかで、多くの花に先がけて咲きますから、その特性をうたうものが多いのです。わが国の明治の教育者、新島襄《にいじまじょう》の「寒梅」はその典型的なものです。

梅（唐詩画譜）

寒梅

庭上一寒梅
笑侵風雪開
不争又不力
自占百花魁

寒《かん》梅《ばい》

庭上《ていじょう》の一寒梅《いちかんばい》
笑《わら》って風雪《ふうせつ》を侵《おか》して開《ひら》く
争《あらそ》わず　又力《またつと》めず
自《おの》ずから百花《ひゃくか》の魁《さきがけ》を占《し》む

庭の一もとの寒梅は、笑って風雪の中で咲いている。争いもせず、無理もせず、自然に花々の首領となっている。

梅を擬人化している、というより梅に借りて人を教化しようとする詩、といったほうがよいでしょう。梅のようにあれ、という新島先生らしい作品です。

梅は雪の降る季節に白い花が咲きますから、雪と対比してうたわれることがよくあります。宋の王安石の詩を紹介しましょう。

梅　花
墻角数枝梅
凌寒独自開
遥知不是雪
為有暗香来

梅《ばい》花《か》
墻角《しょうかく》　数枝《すうし》の梅《うめ》
寒《かん》を凌《しの》いで独《ひと》り自《おの》ずから開《ひら》く
遥《はる》かに知《し》る　是《こ》れ雪《ゆき》ならずと
暗香《あんこう》の来《き》たる有《あ》るが為《ため》なり

塀のかどの数本の梅、寒さを侵してひとり咲く。このあたりは新島襄の詩と似ています。むろん王安石のほうがずっと先輩。ポッと白く見えるが、雪ではないことがはるかに知られる。それはほのかな香りがしてくるためだ。雪は白いが匂いがしない、その点、梅のほうがまさるということですが、宋末の方岳《ほうがく》の詩にも、「梅はすべからく雪に遜《ゆず》るべし三分の白、雪は却《かえ》って梅に輸《ゆ》す（負ける）一段の香」、という句があります。

またこの方岳に次のようなおもしろい詩があります。

雪梅

有梅無雪不精神
有雪無詩俗了人
日暮詩成天又雪
与梅并作十分春

雪《せっ》梅《ばい》　方《ほう》岳《がく》

梅《うめ》ありて雪《ゆき》なければ精神《せいしん》ならず
雪《ゆき》ありて詩《し》なければ人《ひと》を俗了《ぞくりょう》す
日暮《にちぼ》　詩《し》成《な》って天又雪《てんまたゆき》ふる
梅《うめ》と并《あわ》せて十分《じゅうぶん》の春《はる》と作《な》る

梅が咲いても雪が降らなければ風趣がない。精神ならずとは、生き生きとした趣がないこと。反対に、雪が降っても詩ができなければ、人を俗っぽくしてしまう、風流が味わえない。ここは蘇東坡の「竹」の詩の、竹がなければ人を俗にする、というのと同じ趣向です。日の暮れがた、詩もできたし、天も雪が降ってきた、これに梅と全部そろって満点の春の気分だ、という洒落た詩です。なお一説にこの詩は盧梅坡《ろばいは》の作だといいます。

また、梅の詩では、宋の秦観《しんかん》の「梅花百詠」が名高いものです。いろいろな梅がさまざまにうたわれています。梅が古来、文人・詩人の好尚に適合したために、多くの作を生んだのでしょう。

菊・牡丹・蓮　菊は花の中の隠者だ、といわれます。宋の哲学者の周濂渓《しゅうれんけい》に、「愛蓮《あいれん》の説《せつ》」という短い文章がありますが、その中で、「菊は花の隠逸なる者なり」といっています。陶淵明の「飲酒　其の五」にもでてきますように、菊は隠者にふさわしい花です。ちょうど松と同じで、草木が枯れ凋《しぼ》むころ、霜にも負けず鮮やかな花をつける、高雅で節操の正しい花です。白楽天の作といわれる「菊花」という詩があります。

菊花

一夜新霜著瓦軽
芭蕉新折敗荷傾
耐寒唯有東籬菊
金粟花開暁更清

菊花《きくか》

一夜《いちや》　新霜《しんそう》　瓦《かわら》に著《つ》きて軽《かろ》し
芭蕉《ばしょう》は新《あら》たに折《お》れて　敗荷《はいか》は傾《かたむ》く
寒《かん》に耐《た》うるは唯《た》だ東籬《とうり》の菊《きく》のみ有《あ》り
金粟《きんぞく》の花開《はなひら》いて　暁《あかつきさら》　更に清《きよ》し

ある夜、霜がうっすらと瓦におりると、芭蕉は折れ、凋《しぼ》んだ荷《はす》がぐらりと傾いた。寒さに耐えるのは東籬の菊だけだ。黄金色の花が霜の朝にいよいよ清らかである。

東籬の菊は、いうまでもなく陶淵明の「菊を采《と》る　東籬の下《もと》」に基づきます。梅がすべての花に先がけて咲くのに対し、菊はすべての花におくれて咲くという、どちらも俗を離れた趣のある点、まさに好一対といえましょう。

なお「愛蓮の説」では、菊のほかに、牡丹《ぼたん》と蓮《はす》にも評を加えています。「牡丹《ぼたん》は花《はな》の富貴《ふうき》なる者《もの》なり」、と。金持の花です。唐の時代には人々は争って牡丹の花を栽培しました。進士の試験に合格した者が、都の牡丹の花を見てまわるという詩（一八八ページ参照）もあります。牡丹で思い起すのは、玄宗皇帝と楊貴妃が宮中の沈香亭《じんこうてい》で牡丹の花見の宴をしたことです。李白が宮廷詩人としてその模様をうたっています。

清平調詞

清平調詞《せいへいちょうし》

一枝濃艶露凝香
雲雨巫山枉断腸
借問漢宮誰得似
可憐飛燕倚新粧

一枝《いっし》の濃艶《のうえん》　露《つゆ》　香《こう》を凝《こ》らす
雲雨《うんう》　巫山《ふざん》　枉《ま》げて断腸《だんちょう》
借問《しゃもん》す　漢宮《かんきゅう》誰《たれ》か似《に》るを得《え》ん
可憐《かれん》の飛燕《ひえん》　新粧《しんしょう》に倚《よ》る

一枝《ひとえだ》の濃艶な花に露が香を凝らしたように宿る。この美しさにくらべては、巫山の神女に迷った楚の王様などむだな心痛をしたものだ。ちょっと尋ねますが、漢の宮殿に、これほど美しいひとは誰でしょう。あのかわいらしい趙飛燕《ちょうひえん》のお化粧したての姿が似ています。趙飛燕は絶世の美人で、漢の成帝に寵愛され、皇后にまで上った女性です。

濃艶な牡丹をうたっていつの間にかそれが楊貴妃になっているのです。楊貴妃こそ牡丹の花の化身というべきでしょう。

次に蓮については、「蓮は花の君子なる者なり」といいます。すっくと立って、媚びもせず、泥にも染らず、「香《かおり》遠くして益ます清し」という姿が、わたしは最も好きなのだ、というのが周濂渓先生の「愛蓮の説」の結論です。

なお、蓮は憐《れん》と音が通うので、六朝の民歌の世界では「恋人」の隠語に用いられます。ですから、蓮にはなまめかしいイメージもあります。

二　動物

猿　所かわれば品かわるといいますが、猿は日本と中国ではだいぶ違います。日本では猿は詩歌によくでてくるというほどではないし、物語などでも、愛嬌者か、猿蟹合戦のようにずる賢い性格に描かれます。しかし中国では猿は悲しい動物なのです。しかも詩にはよくでてくるものです。

「断腸」の話があります。六朝時代の『世説新語』の「黜免《ちゅつめん》」篇にみえる話です。桓温《かんおん》という将軍が長江を遡《さかのぼ》り三峡《さんきょう》に来た時、家来の一人が子猿をつかまえて来ました。李白の「早《つと》に白帝城を発す」（『新漢詩の世界』八六ページ参照）にもありますように、この辺りは猿がたくさんおります。見ると岸の上に母猿が悲しげに鳴き、舟の動くのにつれて百里余りもついて離れず、ついには跳《と》んで舟の上にあがり、そのまま息絶えました。誰かがその腹を割《さ》いて中を見ると、腸がズタズタに断ち切れていた、ということです。「断腸」の語はここからでた、といいます。猿のお腹《なか》を割いてみるなど、なにか不自然で作り話じみていますが、つまりは、それほどに猿が悲しい動物であり、またその鳴き声も悲しい、ということの例証なのです。この当時の民謡に、

巴東三峡巫峡長　　巴東三峡《はとうさんきょう》　巫峡長《ふきょうなが》し

猿鳴一声涙沾裳　　猿鳴《さるな》いて一声《いっせい》　涙《なみだ》　裳《もすそ》を沾《うるお》す

という句があります。巴東・三峡の一帯、今の四川省の東を流れる長江の辺り、巫峡が最も長い難所だ、そこでは猿が一声鳴くと、もう悲しくて涙が衣をぬらす、という意味です。また、この当時の代表的大詩人、謝霊運《しゃれいうん》の詩「石門の最高頂に登る」にも、

活活夕流駛　　活活《かつかつ》として夕流《せきりゅう》駛《は》せ
噭噭夜猿啼　　噭噭《きょうきょう》として夜猿《やえん》啼《な》く

といいます。岩をかんで、ガッガッと夕暮の谷川が流れ、ギーッ、ケォーッと夜の猿が鳴くという、ものすごいまでに悲しげな情景です。噭噭（旧かなづかいではケウケウ）というのが猿の声の形容であることからわかるように、猿そのものが種類が違うのです。そのころ中国の長江ぞいの地方にいた猿は、毛が黒く手足が長いもので、鳴き声はつんざくように長く鳴きます。キャッキャッと鳴く日本猿とは違います。

猿の悲しい声をうたう詩のうち、典型的なものを一首紹介しましょう。

重送裴郎中貶吉州　　重《かさ》ねて裴郎中《はいろうちゅう》の吉州《きっしゅう》に貶《へん》せらるを送《おく》る　　劉《りゅう》　長卿《ちょうけい》

猿啼客散暮江頭　　猿啼《さるな》き　客散《かくさん》ず　暮江《ぼこう》の頭《ほとり》
人自傷心水自流　　人自《ひとおの》ずから傷心《しょうしん》　水自《みずおの》ずから流《なが》る

同作逐臣君更遠
青山万里一孤舟

同《おな》じく逐臣《ちくしん》と作《な》って　君更《きみさら》に遠《とお》し
青山万里《せいざんばんり》　一《いち》孤舟《こしゅう》

劉長卿は杜甫と同時代の詩人で、この詩は作者と裴郎中（郎中は局長クラス）とが同時に左遷され、途中まで一緒に来たが、裴のほうがより遠くへ行くのを見送った、という詩です。「重ねて」といったのは、二度目の送別会の席上を意味します。吉州は今の江西省吉安《きつあん》。

猿啼き　客散ず　暮江の頭
夕暮の川のほとり、君を見送る渡し場に、猿は悲しげに鳴き、見送る人々もみな散っていった。

人自ずから傷心　水自ずから流る
人の胸を痛めるのも知らぬげに、川の水は流れゆく。「自」とは、そっちはそっち、こっちはこっちで、という意味です。人のほうは友を見送る悲しみに加えて、夕暮の猿の声に胸つぶれる思いをしているのに、川のほうはおかまいなしに流れている、ということ。川の無情さが、また悲しみをそそるのです。

同じく逐臣と作って君更に遠し
君もぼくも同じく放逐《ほうちく》の臣、すなわち左遷の身の上、だが、君は僕よりもっと遠くへ流されてゆく。

青山万里　一孤舟

青い山なみの向こう、万里の川旅、一そうの小舟を浮べて君は去ってゆく。最後のこの句がはなはだ印象的です。送別の詩の傑作の一つですが、送別の悲しい情景の大きな要素として猿の声が効果をあげていることがわかります。

鶏・犬　鶏と犬が組み合せになってでてくる一番古いものは『老子』です。『老子』は老子という思想家のことばを記録した書です。短いが含蓄のある文章が八十章あまり収められています。その中に、老子の理想社会を描いた「小国寡民《しょうこくかみん》」という章があります。国は小さく民は少ないのが理想で、「隣国相望《りんごくあいのぞ》み、鶏犬《けいけん》の声相聞《こえあいきこ》え、民老死《たみろうし》に至《いた》るまで相往来《あいおうらい》せず」――隣の国を向こうに望み、鶏や犬の鳴き声が聞えてくるが、人民は年老いて死ぬまで往き来することはない、という社会を描きます。

ここで「鶏犬の声　相聞ゆ」といったのは、何のいさかいもない平和な村里の様子を、この一句によって表したものです。ですから、ユートピアを描いた、陶淵明《とうえんめい》の「桃花源《とうかげん》の記《き》」では、桃源の里の様子を表すのに、そっくり「鶏犬相い聞ゆ」の句を用いています。また「園田の居に帰る」詩にも、

狗　吠　深　巷　中　　狗《いぬ》は吠《ほ》ゆ　深巷《しんこう》の中《うち》
鶏　鳴　桑　樹　巓　　鶏《にわとり》は鳴《な》く　桑樹《そうじゅ》の巓《いただき》

と、自分の故郷の村里の平和なたたずまいをうたっています。

鴻《おおとり》　鴻というのは、鵲《かささぎ》とか鵠《こうのとり》とかの大きな渡り鳥をさすものです。これは、『史記』の「陳渉世家《ちんしょうせいか》」に、「燕雀《えんじゃく》安《いずく》んぞ鴻鵠《こうこく》の志《こころざし》を知《し》らんや」というように、燕や雀などの小さい鳥と対比して用いられ、大人物を意味します。この文の意味は、「小人物にはどうして大人物の志がわかろうか、わかりはしない」ということです。

　これが「孤鴻《ここう》」となりますと、孤独な高士、のイメージになります。竹林七賢の一人、阮籍《げんせき》の「詠懐《えいかい》」では、

孤鴻号外野
翔鳥鳴北林

孤鴻《ここう》　外野《がいや》に号《さけ》び
翔鳥《しょうちょう》　北林《ほくりん》に鳴《な》く

とうたいます。一羽の孤独な鴻が野の外に叫ぶ、というのは作者の心の表象。それに対して、わがもの顔に空かけて北の林に群れ鳴く鳥は、権力の座にいる連中を意味します。

　この孤鴻の、孤高のイメージはずっと継承され、たとえば唐の張九齢《ちょうきゅうれい》の「感遇《かんぐう》」に、

孤鴻海上来
池潢不敢顧

孤鴻《ここう》　海上《かいじょう》より来《き》たり
池潢《ちこう》　敢《あ》えて顧《かえり》みず

となります。海の上を飛ぶ鴻は、池や潢（水たまり）など見向きもしないで、悠々と高い空を天がける、というのです。

鴻のイメージの基づくところは『荘子《そうじ》』の「逍遥遊《しょうようゆう》」篇にでてくる鵬《ほう》です。この鵬は数千里もある大きな翼をもつものです。これと対比して小さな斥鷃《せきあん》という鶉《うずら》の一種もでてきます。鵬はつむじ風に羽ばたいて九万里もかけ上るというとてつもない鳥で、斥鷃などにはおしはかることのできない存在なのです。ものの束縛を離れて自由に飛翔するイメージです。

鳳凰《ほうおう》　この鳥はめでたい鳥です。鳳が雄《おす》で、凰が雌《めす》だといいます。むろん想像上の鳥です。古く『詩経』に、「鳳凰于飛」（鳳凰于《ここ》に飛ぶ）とあります。聖王の治める世に現われるという瑞鳥《ずいちょう》で、五色の彩《いろどり》がある鳥類のかしらです。桐の木に棲《す》み竹の実を食う、といわれます。

六朝《りくちょう》の宋の時代に、都の建康（唐の金陵、今の南京《ナンキン》）に鳳凰が飛んできたということで、記念して台を築きました。これが、後に李白の詩にうたわれた鳳凰台です。「金陵の鳳凰台に登る」という題で、

鳳　凰　台　上　鳳　凰　遊　　鳳凰台上《ほうおうだいじょう》　鳳凰遊《ほうおうあそ》ぶ
鳳　去　台　空　江　自　流　　鳳去《ほうさ》り台空《だいむな》しうして　江《こう》　自《おの》ずから流《なが》る

とうたっています。

鳳毛、というと父や祖父ゆずりの優れた才の持ち主、という意味になります。謝霊運の孫の超宗《ちょうそう》が文才を讃《たた》えられて、「殊に鳳毛あり、恐らくは霊運また出づるならん」と時の皇帝に感嘆されました。

鳳にはもう一つおもしろい話があります。竹林の七賢の一人に阮籍と仲のよい嵆康《けいこう》という哲人がおりました。嵆康が遊びに来ると、阮籍は青眼（黒目《くろめ》）をだして歓迎しました。ところが嵆康の兄の嵆喜《けいき》は俗物だっ

鳳（三才図会）

たので、喜が来ると白眼をむいて拒絶したのです。これが有名な「青眼白眼」の故事です。また、嵆康の別の仲よしの呂《りょ》安《あん》が嵆康を尋ねた時、康がいなくて喜がでて来たので、呂安は中へ入らず、門に「鳳」という字を書きました。嵆喜はその意味がわからず、鳳という鳥は瑞鳥ですから単純に喜んだのですが、実は、鳳の字を分解すると「凡鳥」となるのでした。つまり凡人、の意なのです。

鴛《えん》鴦《おう》・翡《ひ》翠《すい》　鴛鴦はおしどりです。これも『詩経』に、「鴛鴦于飛」（鴛鴦于《ここ》に飛ぶ）とでてきます。鴛が雄、鴦が雌で、夫婦仲のよい鳥の代表です。ですから、夫婦の部屋の屋根瓦には鴛鴦をかたどったものを乗せ、布団や帳《とばり》（カーテン）には鴛鴦の刺繍《ししゅう》をします。

　鴛鴦のでてくる詩で有名なのは、三百五十三句にも及ぶ長編叙事詩「焦仲卿《しょうちゅうけい》の妻」という詩です。この詩は、姑の嫁いびりというテーマを内容とします。小役人の焦仲卿とその妻蘭芝《らんし》は仲むつまじい新婚夫婦でしたが、仲卿の母に蘭芝は嫌われ、とうとう家を出されます。別れるとき仲卿は、きっと迎えに行くからしばらく実家で辛抱していてくれといいます。しかし、実家にはこわい兄がいて、もどってきた蘭芝をすぐに再婚させようとします。蘭芝もことわりきれず、いよいよ婚礼という日に池に身投げして死にます。その報《しら》せを聞いた仲卿も首を吊って後追い心中を果します。二人に死なれた両家はさすがにかわいそうということで、二人を一緒に埋葬してやりました。すると不思議なことに、その墓の樹に鴛鴦のつがいが住みついて、毎晩悲しげな声で鳴き、道行く人を感動させた、というのです。
鴛鴦と同じく夫婦仲のよい鳥に翡翠《ひすい》があります。これはかわせみのことで、翡が雄、翠が雌です。雄は赤い毛ですが、雌の翠は深い青色の毛で、いわゆるひすいの色です。『楚辞』に、「翡翠珠被、爛斉光些」（翡《ひ》翠《すい》と珠《たま》の被《ふすま》は、爛《きらきら》として光《ひかり》を斉《ひと》しくす）とあります。白楽天の「長恨歌」にも、

鴛鴦瓦冷霜華重　　鴛鴦《えんおう》の瓦《かわら》冷《ひや》やかにして霜華《そうか》重《おも》く
翡翠衾寒誰与共　　翡翠《ひすい》の衾《ふすま》寒《さむ》うして誰《たれ》と共《とも》にせん

と、楊貴妃を失った玄宗のさみしさを描いています。

翡翠（三才図会）

鶺鴒《せきれい》　鴛鴦が夫婦をいうのに対し、鶺鴒は兄弟の仲よいことをいいます。『詩経』に、「鶺鴒在原、兄弟急難」（鶺鴒原《せきれいはら》に在《あ》り、兄弟急難《けいていきゅうなん》あり）といいます。セキレイが休みなしに尾を振っているのを、兄弟の危難にせわしく助け合うさまに見たてたものです。玄宗が兄弟仲よく宴会を開いている時、セキレイが飛んで来たという話もあります。
杜甫の次の詩も、弟に会える喜びをうたったものです。

喜観即到復題短篇　　観《かん》の即《ただ》ちに到《いた》るを喜《よろこ》びて復《ま》た短篇《たんぺん》を題《だい》す
待爾嗔烏鵲　　爾《なんじ》を待《ま》ちて烏鵲《うじゃく》を嗔《いか》り
抛書示鶺鴒　　書《しょ》を抛《なげう》ちて鶺鴒《せきれい》に示《しめ》す

枝間喜不去
原上急曾経
江閣嫌津柳
風帆数駅亭
応論十年事
愁絶始惺惺

枝間《しかん》　喜《よろこ》びて去《さ》らず
原上《げんじょう》　急曾《きゅうかつ》て経《へ》たり
江閣《こうかく》に津柳《しんりゅう》を嫌《きら》い
風帆《ふうはん》に駅亭《えきてい》を数《かぞ》う
応《まさ》に十年《じゅうねん》の事《こと》を論《ろん》じて
愁絶《しゅうぜつ》始《はじ》めて惺惺《せいせい》たるなるべし

弟の観が久しぶりで尋ねて来るとの報せを受けて、じりじりしながら待つ気持をうたった詩です。烏鵲はかささぎ。かささぎが鳴きさわぐのは旅人の来る兆《きざ》しといいます。第一句は第三句と関連します。お前を待ち暮して、かささぎを叱りつけた、なぜなら枝の辺りで喜んで鳴き、去ろうとしないからだ、そんなに鳴いても一向に弟は来ないじゃないか、の意です。第二句は第四句と関連します。手紙をほうり出して鶺鴒をなじる、なぜなら鶺鴒は原の上で兄弟の危難を救ったことがあるではないか、それなのに私の弟の便りをもたらさぬとは、の意です。凝った表現になっています。

川べりの高殿で、津柳、つまり渡し場の柳が見えるのが気に入らない。柳は前述のとおり、別れの象徴ですから、そんなもの縁起でもない、というのが第五句の意味。次の句は、風をはらむ帆舟を見ては、弟の旅程を指折り数える、ということ。

お前と会ってこの十年の事を話し合えば、この胸の愁いはそこで初めてきれいに晴れるに違いない、と結びます。
杜甫にはこのほかにも、別の弟の消息を尋ねる詩に「沙《さ》晩《く》れて鶺鴒寒し」とうたっています。いずれも鶺鴒といえば兄弟、という発想がみられます。

烏《からす》　烏はその形状から不吉な鳥であるとされることもある反面、孝行な鳥であるとも称されます。それは反哺《はんぽ》の行いをする、というからです。親が食物を与えて子を育てるのを哺といいます。その恩を反《かえ》すので反哺というのです。烏は六十日母が養うと、六十日子が親に反哺するといわれます。ですから烏のことを慈烏《じう》と称します。白楽天に「慈烏夜啼」という詩があります。

慈烏夜啼
慈烏失其母
啞啞吐哀音
昼夜不飛去
経年守故林
夜夜夜半啼
聞者為霑襟
声中如告訴
未尽反哺心

慈烏夜啼《じうやてい》
慈烏《じう》　其《そ》の母《はは》を失《うしな》い
啞啞《ああ》として哀音《あいおん》を吐《は》く
昼夜《ちゅうや》　飛《と》び去《さ》らず
年《とし》を経《へ》て故林《こりん》を守《まも》る
夜夜《やや》　夜半《やはん》に啼《な》く
聞《き》く者《もの》　為《ため》に襟《えり》を霑《うるお》す
声中《せいちゅう》　告訴《こくそ》するが如《ごと》し
未《いま》だ反哺《はんぽ》の心《こころ》を尽《つく》さずと

百鳥豈無母
爾独哀怨深
応是母慈重
使爾悲不任
昔有呉起者
母没喪不臨
嗟哉斯徒輩
其心不如禽
慈烏復慈烏
鳥中之曾参

百鳥《ひゃくちょう》　豈《あ》に母《はは》無《な》からんや
爾《なんじ》独《ひと》り哀怨《あいえん》深《ふか》し
応《まさ》に是《こ》れ母《はは》の慈《じ》重《おも》くして
爾《なんじ》をして悲《かな》しみ任《た》えざらしむるべし
昔《むかし》　呉起《ごき》という者《もの》有《あ》り
母《はは》没《ぼっ》して喪《も》に臨《のぞ》まず
嗟哉《ああ》　斯《こ》の徒輩《とはい》
其《そ》の心《こころ》　禽《とり》にもしかず
慈烏《じう》復《ま》た慈烏《じう》
鳥中《ちょうちゅう》の曾参《そうしん》なり

十八句の五言古詩、やさしい表現でわかりやすい詩です。

鳥が母親を失って、カアカアと悲しい声で鳴く。昼も夜もよそへ飛び去らず、年月を経てもとの林を守っている。毎夜毎夜、夜なかに鳴く、その声を聞く者は思わず涙を流してしまう。夜という字が三つ続くのはおもしろい表現です。

声の調子が、何かを訴えるようだ、それは恩返しができなかった、といっているのだ。ほかの鳥たちにも母がいないものはない、どうして鳥のお前だけがそんなに悲しみが深いのか。きっと母の慈愛が深いので、お前を悲しみにたえられないほどにしてしまうのだろう。

昔、呉起という者は、母がなくなっても葬式に帰らなかった。呉起は戦国時代の衛の人です。優れた将軍として功をたてましたが、母の死に帰らず、親不孝の代表として指弾されます。ああ、このようなやつは、その心は烏にも劣る。

烏よ烏よ、お前は鳥の中の曾参だ。曾参は孔子の弟子で、『孝経』の著者として知られ、親孝行で名高い人です。

今の詩にもありましたが、烏が夜啼く、というのが、昔からいわれます。これは吉兆で、罪人が釈放される前ぶれであった、という話もあります。それがやがて楽曲に定められ、「烏夜啼《うやてい》」という歌が六朝時代の末ごろからたくさん作られるようになります。しかし、その内容は、孝行にも、罪人の釈放にも関係がなく、おおむね孤独な女性の歎きの歌で、なまめかしい趣のものです。烏が夜啼くのを聞いて眠られず、ひとり枕をぬらす、というのですから、烏の啼くのが仲むつまじいさまの典型になるわけです。「烏夜啼」の中でも早い時期の作、梁の簡文帝の句にも、「ただ言う九子　夜相い呼ぶと」とあります。また漢代の歌にも、「烏生れて八九子」という句もあり、烏は子どもが八匹九匹とたくさん生れて仲むつまじい鳥なのです。わが国では、烏は七つの子なのはおもしろいことです。

なお、古代の伝説に、太陽の中に三本足の烏が住んでいるといいます。長沙の馬王堆《ばおうたい》から出土した帛画《はくが》(絹の着物にかいた絵)に、右上に太陽が描かれ、中に三本足の烏がおりました。

三　自然

雲　雲にもいろいろあります。まず白雲。白雲は仙郷、隠者の世界の象徴です。ことばとしては『詩経』にもありますが、この意味の用例の古いものは『荘子』に、「彼《か》の白雲《はくうん》に乗《の》りて、帝郷《ていきょう》に至《いた》る」とあるものです。帝郷とは天帝の郷の意です。晋の左思《さし》の詩「招隠」には、隠者のすまいを描写して、

白雲停陰岡　　白雲《はくうん》は陰岡《いんこう》に停《とど》まり
丹葩曜陽林　　丹葩《たんぱ》は陽林《ようりん》に曜《かがや》く

とあります。陰《きた》の岡に白雲がたちこめ、陽《みなみ》の林に丹《あか》い葩《はな》が咲いている、という情景です。白雲が象徴的にうたわれている唐の詩を一首見ましょう。

送別　　送《そう》別《べつ》　　王維

下馬飲君酒　　馬《うま》より下《お》りて君《きみ》に酒《さけ》を飲《の》ましむ
問君何所之　　君《きみ》に問《と》う　何《いず》くにか之《ゆ》く所《ところ》ぞと
君言不得意　　君《きみ》は言《い》う　意《い》を得《え》ずして

帰臥南山陲
但去莫復問
白雲無尽時

南山《なんざん》の陲《ほとり》に帰臥《きが》せんと
但《た》だ去《さ》れ　復《ま》た問《と》うこと莫《なか》らん
白雲《はくうん》は尽《つ》くる時無《ときな》し

馬より下《お》りて君に酒を飲ましむ、君に問う　何《いず》くにか之く所ぞと

一緒に馬に乗ってやって来て、いよいよここからお別れ、という所へ着いた。君も馬をおり、わたしも馬を下りる。まあ一杯、お別れの杯を酌みかわす。君にお尋ねしますが、どこへ行くのですか、と。目的地を知らずに人を送りに来るのはおかしなことですが、実はこの詩は、本当に友を送るというより、友を送る場を設定して、一つの境地を描こうというものです。このあたり、問答体の形といい、陶淵明の「飲酒」（一六三ページ参照）を思わせます。

君は言う　意を得ずして、南山の陲《ほとり》に帰臥《きが》せんと

どうもこの世では思うようにいかないので、あの南山のほとりに隠退生活をしようと思うのだ、と君は言う。この南山は終南山でしょう。不動不変の象徴であること、前述しました。

但《た》だ去れ　復《ま》た問うこと莫《な》からん、白雲は尽くる時無し

そうか、じゃあ行きなさい、もう何もお尋ねしますまい、あの南山にかかる白雲は尽きる時はないのです。と、二人の見上げるかなたに白雲が浮びます。印象的な幕切れです。

白雲に関連して、「無心の雲」があります。これは陶淵明の「帰去来の辞」に、

雲無心以出岫　　雲《くも》は無心《むしん》にして以《もっ》て岫《しゅう》を出《い》で
鳥倦飛而知還　　鳥《とり》は飛《と》ぶに倦《う》みて還《かえ》るを知《し》る

というもので、岫、すなわち山のほら穴（または峰ともいう）からポッカリポッカリと雲がでてくる、そこへ飛び疲れた鳥がねぐらへと帰ってゆく、陶淵明一流の隠逸の世界です。この雲は、柳宗元《りゅうそうげん》の「漁翁《ぎょおう》」という詩にも「岸上《がんじょう》　無心《むしん》　雲相逐《くもあいお》う」とでてきます。

次に青雲。これは白雲とは全く違い、高位高官、立身出世の象徴です。初唐の張九齢の詩を見ましょう。

照鏡見白髪　　鏡《かがみ》に照《て》らして白髪《はくはつ》を見《み》る
宿昔青雲志　　宿昔《しゅくせき》　青雲《せいうん》の志《こころざし》
蹉跎白髪年　　蹉跎《さた》　白髪《はくはつ》の年《とし》
誰知明鏡裏　　誰《たれ》か知《し》らん　明鏡《めいきょう》の裏《うち》
形影自相憐　　形影《けいえい》自《みずか》ら相《あ》い憐《あわ》れまんとは

前の二句は対句です。

宿昔青雲の志、蹉跎　白髪の年

その昔、少年のころ、青雲の志を抱いたものだが、事《こと》志と違って人生につまずき、白髪の生える年齢になってしまった。青雲の志は立身出世の志です。蹉跎は足偏がついているのでわかるように、けつまずくこと。うまくゆかず失敗することをいいます。宿昔も（広い意味で）蹉跎も畳韻《じょういん》（五九ページ参照）、青雲と白髪の色の対照、洒落た対句です。

誰か知らん　明鏡の裏《うち》、形影自ら相い憐れまんとは

誰か知らん、は反語。この明るい鏡の中で、自分と自分の影が憐れみあおうとは、誰が想像しただろうか、思いもかけぬことであった。形（自分自身）と影（自分の映像）とが憐れみあう、とはまた奇抜な表現です。

青雲とは、青い雲ではなくて、青い空に浮ぶ雲、つまりは高い空の意なのでしょう。青雲の士、といえば高い位の人の意味です。白楽天の「長恨歌」に、「驪宮《りきゅう》高《たか》き処《ところ》　青雲《せいうん》に入る」というのは、玄宗・楊貴妃の遊ぶ驪山《りざん》の華清宮《かせいきゅう》が、庶民の手のとどかぬ高いところにある、の意味になります。

次に浮雲。『論語』の中で孔子が、「不義《ふぎ》にして富《と》み且《か》つ貴《とうと》きは、我《われ》に於《お》いて浮雲《ふうん》のごとし」というのは、頼りないもの、あるいは無関係なもののたとえとして用いられていますが、詩の場合は、普通には日を蔽《おお》いかくすもの、邪魔をするもの、の意味で、用いられることが多い。

漢代の「古詩十九首　其の一」に、

浮雲蔽白日　浮雲《ふうん》　白日《はくじつ》を蔽《おお》い
遊子不顧返　遊子《ゆうし》　顧返《こへん》せず

という句があります。これは、妻が首を長くして待っているのに、夫がなかなか帰って来ない、という内容の詩で、浮雲が日を蔽うように、何かが夫の心を隠して、旅人（夫のこと）は帰ろうとしないのだ、の意です。夫の心を隠しているのは都の遊女だろう、というのが、後世のこの詩の模擬作が取る方向です。しかし、これを、君主の心を邪悪な臣が蔽い隠していることの寓意だ、とする説もあります。李白の「金陵の鳳凰台に登る」の終りの二句に、

総為浮雲能蔽日　総《すべ》て浮雲《ふうん》の能《よ》く日《ひ》を蔽《おお》うが為《ため》に
長安不見使人愁　長安《ちょうあん》見《み》えず　人《ひと》をして愁《うれ》えしむ

とあるのは、天子の聡明を蔽い隠す悪い奴がいるので、長安へ帰れない、という寓意があります。

最後に、朝雲について触れておきましょう。これは一一ページに少し説明しておきましたが、「朝雲暮雨」とあわせていう場合もあります。巫山の神女が、楚の懐王《かいおう》とのきぬぎぬの別れに、私は朝は朝焼けの雲に、夕暮は雨になって姿を現します、と言った故事に基づきます。男女の色恋を意味するなまめかしい雲です。「雲雨」（色恋の意）という言葉もできました。

青山　山と方角の結びついた語は、すでに説明しました。ここでは、青々とした山、青山についてみます。これには二《ふた》とおりのイメージがあるようです。一つは、お墓のある山で、墳墓の地です。宋の蘇東坡の詩に、

是処青山可埋骨　是《こ》の処《ところ》の青山《せいざん》　骨《ほね》を埋《うず》むべし
他年夜雨独傷神　他年《たねん》夜雨《やう》　独《ひと》り神《しん》を傷《いた》ましめん

の句があります。これは蘇東坡四十四歳の時、罪に問われて獄につながれ、死を覚悟したおり、弟の蘇轍《そてつ》に送った詩です。ここの青山にわが骨を埋めてよい、君は他年（将来）、兄の私の死を思って夜の雨に心を痛めることだろう、の意です。わが国の釈月性の詩「将に東遊せんとし壁に題す」に、

埋骨豈惟墳墓地　骨《ほね》を埋《うず》むる　豈《あに》惟《た》だ　墳墓《ふんぼ》の地《ち》のみならんや
人間到処有青山　人間《じんかん》到《いた》る処《ところ》　青山《せいざん》あり

とあるのは、この蘇東坡の詩に基づくものです（『新漢詩の世界』一三七ページ参照）。
青山にはもう一つ、前に連なる青々とした山、茫漠《ぼうばく》とした行く手、のイメージがあります。前に掲げた劉長卿の「青山万里一孤舟」もそうですし、杜牧の詩に、「青山隠隠《いんいん》水迢迢《ちょうちょう》」の句もあります。

星　星のうちで最もよく引合いにだされるのは、「参《しん》」と「商《しょう》」です。たとえば杜甫の「衛八処士《えいはちしょし》に贈《おく》る」（二二四ページ参照）では、

人生不相見
動如参与商

人生《じんせい》　相《あ》い見《み》ざること
動《やや》もすれば参《しん》と商《しょう》との如《ごと》し

といいます。参はオリオン座、商はさそり座で、この二つの星座は同じ天空に同時に姿を現すことはありません。それで、すれちがって会えないたとえに用いられるのです。

参は『詩経』では、

嘒彼小星
維参与昴

嘒《かすか》なる彼《か》の小星《しょうせい》
維《こ》れ参《しん》と昴《ぼう》と

とでてきます。オリオンの三つ星が夕方に東に見える時期を、古代では冬至としました。昴は牡牛座のすばるです。

商は『詩経』では「火」星としてでてきます。

七月流火
九月授衣

七月《しちがつ》　流《くだ》る火《ひ》あり
九月《くがつ》　衣《い》を授《さず》く

陰暦七月に火の星が西に下って涼風がしのびよるのです。この星は「なかご」といい、西洋でいうアンタレスです。

参も商も天空で目立つ星ですから、季節の移り変りの目安として古代から詩にもうたわれてきました。この二つの星が組み合されて、すれちがいの比喩になるのは、漢代の詩歌からです。六朝時代になるともうしきりに用いられるようになります。

次に、北極星です。北極星は天の中心で、もろもろの星がその周《まわ》りを回りますから、朝廷、天子の象徴になります。杜甫の「登楼《とうろう》」に、

北極朝廷終不改　　北極《ほくきょく》の朝廷《ちょうてい》　終《つい》に改《あらた》まらず
西山寇盗莫相侵　　西山《せいざん》の寇盗《こうとう》　相《あ》い侵《おか》す莫《なか》れ

の句があります。北極星は北辰ともいいます。『論語』の為政《いせい》編に、「政《まつりごと》を為《な》すに徳を以てするは、譬《たと》えば北辰の其の所に居て、衆星《しゅうせい》の之《これ》に共《きょう》するが如し」とあるのがそれです。杜甫のこの句は、安禄山の乱で一時都が賊の手に落ちたけれど、結局また回復して唐王朝は不変である、西山におる賊どもよ、侵入してはならぬぞ、の意です。

星図（三才図会）

中国では天の星座は地上の国々と相い応じている、という考え方があります。分野説といいます。すなわち、天上界の星座二十八宿《しゅう》は地上の分野と対応します。さきほどの参は魏《ぎ》の分野、商は宋の分野になります。たとえばどこその分野に星の異変が現れた、となると、その対応する地上の国に災害が起る、

ということです。中唐の劉方平《りゅうほうへい》の詩に、

隠隠都城紫陌開　　隠隠《いんいん》たる都城《とじょう》に紫陌《しはく》開《ひら》き
迢迢分野黄星見　　迢迢《ちょうちょう》たる分野《ぶんや》に黄星《こうせい》見《あらわ》る

というのは、めでたい黄星が都の分野に現れた、瑞兆《ずいちょう》をいいます。

星の異変の一つに流れ星があります。流れ星が落ちるのは、大人物の死ぬ兆しです。『三国志』で、諸葛《しょかつ》孔明《こうめい》が五丈原の陣中に没するとき、大きな星がものすごい音とともに落ちたといいます。たまに現れる彗星は、最も凶兆です。これが現れるときは、地震や旱害などの災害が起るといわれます。

そのほか、星でよく詩にうたわれるのは、牽牛・織女の七夕の星です。年に一度の逢瀬（ランデブー）ということで、ロマンティックな趣をもちますが、織女のがわからの、片恋の悲しみ、といった比喩に用いられる場合が多いのです。

月　西洋では、月はまがまがしきものとして意識されるようです。サロメの月は血の色をしていました。月見の習慣もないとのことです。東洋では、中国でも日本でも月は人の友です。李白は月と自分と自分の影との三人で酒を飲んで楽しみました。もっとも普通の見方では、月は鏡であり、遠く離れている者同士が、月を見て相手を思う、という場合が多いのです。この月はむろん満月です。李白の「静夜思《せいやし》」（『新漢詩の世界』一四〇ページ参照）では、

挙頭望山月　　頭《こうべ》を挙《あ》げて　山月《さんげつ》を望《のぞ》み
低頭思故郷　　頭《こうべ》を低《た》れて　故郷《こきょう》を思《おも》う

と、山の端の月を見ることによって、山国の故郷を思いました。杜甫の「月夜」では

今夜鄜州月　　今夜《こんや》　鄜州《ふしゅう》の月《つき》
閨中只独看　　閨中《けいちゅう》　只《た》だ独《ひと》り看《み》るならん

と、遠く鄜州（今の陝西省富県）に疎開している妻を思いやっています。今自分の見ている月を、鄜州では妻も見ていることだろう、と。月を仲立ちとして熱い思いをかよわせているのです。

人間が最初に詩にうたった月は、いわゆる明月ですが、やがて月にもいろいろな姿があることをうたうようになります。李白の「峨眉山月《がびさんげつ》　半輪《はんりん》の秋《あき》」（『新漢詩の世界』八三ページ参照）のように半かけの月や、三日月（繊月《せんげつ》）や、また月のない夜を「月黒し」という奇抜な表現もでてきます。中天に皓々と照るばかりでなく、上りたての月を、「三五夜中《さんごやちゅう》　新月《しんげつ》の色《いろ》」（白楽天）とうたったり、「月落《つきお》ち烏《からす》啼いて霜天《しもてん》に満《み》つ」（張継、『新漢詩の世界』九二ページ参照）と、月の沈むのをうたったりするようになり、千変万化します。

古代人にとって、月の満ち欠けは不思議なことだったでしょう。『楚辞』の「天問」篇では、

夜光何徳　　夜光《やこう》は何《なん》の徳《とく》あって
死則又育　　死《し》すれば則《すなわ》ち又育《またいく》す

厥利維何　厥《そ》の利《り》は維《こ》れ何《なん》ぞ
而顧兎在腹　而《しこう》して顧兎《こと》　腹《はら》に在《あ》る

といっています。月はいったいなんの功徳があって死んではまた生まれるのか、なんの利益があって兎（顧兎とは下界を見る兎）を腹の中に入れているのか、と素朴な疑問を投げかけているのです。最も人間を驚かせたのは日蝕・月蝕です。これこそ凶兆の最たるもの。漢代では日蝕の責任をとって自殺した大臣もおります。月蝕もいろいろ詩にでてきますが、中唐の盧仝《ろどう》に、「月蝕」という長い詩があります。皓々たる明月が、突如として欠けはじめる、それは大きな蝦蟇《がま》が食べているのだ、月には白い兎が霊薬を搗《つ》いているのにどうしようもないとは情ない、といったぐあいに、月蝕にことよせて時世を諷刺したおもしろい詩です。前にも触れた馬王堆の帛画《はくが》には、左上に月の中に住む蝦蟇が描いてありました。月の兎は印度《インド》から伝わったもののらしいのですが、こういった伝承は古く民衆の間に語りつがれて、詩の世界にも入ってきたものです。それにしても、今日科学の発達によって、月だの星だのに夢がなくなってしまったのは、味気ない限りです。

月の伝承でもう一つ、詩によくうたわれるのは、月宮殿の嫦娥《じょうが》です。嫦娥は、いにしえ、堯《ぎょう》帝の時代の弓の名人羿《げい》の妻でした。夫の羿が西の崑崙《こんろん》山に住む西王母《せいおうぼ》から不老不死の薬をもらっておいたのをこっそり食べてしまい、夫に見つかるのがこわくて月の世界へ逃げたのです。晩唐の李商隠《りしょういん》に「嫦娥」という詩があります。

嫦娥

雲母屛風燭影深
長河漸落暁星沈
嫦娥応悔偸霊薬
碧海青天夜夜心

嫦娥《じょうが》

雲母《うんも》の屛風《びょうぶ》に燭影《しょくえい》深《ふか》し
長河《ちょうか》漸《ようや》く落《お》ちて暁星《ぎょうせい》沈《しず》む
嫦娥《じょうが》応《まさ》に悔《く》ゆるなるべし　霊薬《れいやく》を偸《ぬす》みしを
碧海《へきかい》　青天《せいてん》　夜夜《やや》の心《こころ》

雲母のキラキラ光る屛風に灯火の光が映る部屋で、まんじりともせず夜を過ごすと、はや外は天の川も傾き、暁の星もうすれゆく。嫦娥はきっと、あの霊薬をぬすんだことを後悔しているにちがいない。碧い海、青い空の上に毎夜浮ぶ孤独な心。……なかなか難解な詩ですが、どうも作者を見捨てて、さる身分の高い人のもとへ走った女性を思ってうたったもののようです。彼女を、月の宮殿で孤独に沈む嫦娥にたとえた着想は奇抜ですし、最後の句は神秘的な深味を感ぜしめます。象徴詩、という趣があります。

また、唐の玄宗が月宮殿に遊んだ話もあります。八月十五夜、宮中で月見の宴を開いた時、道士が、「陛下、私と一緒に月の宮殿に遊びませんか」といい、一本の桂の枝を空中に投げると、たちまち銀色の橋となりました。玄宗が道士について登ってゆくと、やがて大きな城門が見え、「ここが月宮でございます」とのこと。仙女が数百人、練り絹の衣を着て舞を舞っています。玄宗は、「この曲は何と言う」と尋ねますと、「霓裳《げいしょう》羽《う》衣《い》の曲でございます」と答えます。玄宗はひそかにその曲調をおぼえ、橋を渡って帰りかけると、歩くはしから橋が消えてゆきます。宮中へ帰った玄宗は楽官に命じておぼえてきた曲調を記録させ、霓裳羽衣の曲を再生させた、という話です。霓裳羽衣の曲を楊貴妃が舞うと、玄宗は相好《そうごう》をくずして一日中見ても見飽きなかったといいます。

3　ことばのひびき

ことばと視覚

漢字は表意文字ですから、パッと目で見たとき、視覚に訴える、という要素があります。たとえば、前にあげた「慈烏夜啼」の詩において、「夜夜夜半啼」という句がありましたが、夜の字が三つも重なっていることが、いやおうなしに目に飛び込んできます。むろん、単に形だけのことではなく、夜という字の意味のはたらきもありますけれど、とにかく目に飛び込んでくる夜の字の連続によって、夜が視覚的に強調されることがわかります。一つ極端な例をあげてみましょう。次の文は晋の郭璞《かくはく》の「江《こう》の賦《ふ》」の一部です。

円淵九回以懸騰、湓流雷呴而電激、駭浪暴灑、驚波飛薄、迅澓増澆、湧湍畳躍、砯巌鼓作、漰湱礐灂、㵸瀼溻瀫、潰濩泧漷、潏湟淴泱、灉潤瀾淪、漩澴滎瀯、渨溫濆瀑、溭淢濜湏、龍鱗結絡。

円淵《えんえん》九回《きゅうかい》して以《もっ》て懸騰《けんとう》し、湓流《ふんりゅう》雷呴《らいこう》して電激《でんげき》し、駭浪《がいろう》暴《にわか》に灑《そそ》ぎ、驚波《けいは》飛《と》び薄《せま》り、迅澓《じんぷく》増《ます》ます澆《めぐ》り、湧湍畳《ようたんかさ》なり躍《おど》る。巌《いわお》に砯《な》りて鼓作《こさく》し、淜湱澩灂《ほうかくかくしゃく》、漂潎滈瀣《ひょうはいこうかい》、潰濩泧漷《かいかくかつかく》、潏湟淴泱《けつこうこつおう》、潚潣瀾瀹《しゅくせんざんしゃく》、漩澴滎《せんけんえい》瀯《えい》、渨灅濆瀑《いるいふんばく》、溭淢濜溳《しょくよくじんいん》として、龍鱗結絡《りょうりんけつらく》す。

これは巴東《はとう》（四川省）の峡谷をほとばしり流れる川の様子を描写したものです。後半、水のつく字が連続して三十二字でてきます。みな水のほとばしるさまや音の形容ですが、音のことは後に触れるとして、その水の行列のすさまじさに圧倒される思いです。たとえ意味も音もわからなくても、字面の印象だけで、水の湧き立ち流れるさまは十分想像されます。

右にあげた例は、もっぱら同質のものの羅列によって量感をそそる効果をねらう方法ですが、意味との関連で質的な効果をねらうものもあります。

従軍行　　　　　　　王　昌齢

青海長雲暗雪山
孤城遥望玉門関
黄沙百戦穿金甲
不破楼蘭終不還

従軍行

青海《せいかい》　長雲《ちょううん》　雪山《せつざん》暗《くら》し
孤城《こじょう》　遥《はる》かに望《のぞ》む　玉門関《ぎょくもんかん》
黄沙《こうさ》　百戦《ひゃくせん》　金甲《きんこう》を穿《うが》つも
楼蘭《ろうらん》を破《やぶ》らずんば　終《つい》に還《かえ》らじ

これは辺塞詩、すなわち戦争の詩です。意味は、次のようなことです。

青海に雲が垂れこめ、雪をいただく山々は暗く見える。ポツンと一つ立つ前線のとりでより、遥かに玉門関の方を望み見る。黄砂の戦場で百戦し、よろいかぶとにも穴があくほどだが、あの楼蘭を破らないうちは死んでも帰らないぞ。

この詩は、涙もかれる戦場の悲哀をうたうという、いわゆる厭戦詩とは異なり、威勢よく気張ってみせる、兵士の心意気みたいな詩です。

従軍行（唐詩選画本）

むろん、よろいが破れるまで戦争してなおかつさらに敵地の奥深くを望むというところに、兵士の悲哀もあり、この歌の深味もあるのですけれど、表面ではキッとばかりに敵地をにらんで力む兵士の姿がとらえられています。いわば勇壮美といったもの。その効果をそそるのが、青海、雪山、玉門関、黄沙、金甲、楼蘭などの、視覚に訴える美的表現です。ことに、青海も玉門関も楼蘭も西域の固有名詞であるものを、巧みにその字面を生かしているところ、非凡な技巧といわねばなりません。この詩を一見しますと、まず、青だの白だの黄色だの、玉だの金だの蘭だのがキラキラと目に映り、気張る兵士の姿とあいまって、一幅の武者絵を見る心地がしてくるのです。これまた辺塞詩の一つの方向になります。もう一つ、似たものを見ましょう。

征人怨

歳歳金河復玉関
朝朝馬策与刀環
三春白雪帰青冢
万里黄河繞黒山

征人怨《せいじんえん》　柳《りゅう》中庸《ちゅうよう》

歳歳《さいさい》金河《きんか》　復《ま》た玉関《ぎょくかん》
朝朝《ちょうちょう》　馬策《ばさく》と刀環《とうかん》と
三春《さんしゅん》の白雪《はくせつ》　青冢《せいちょう》に帰《き》し
万里《ばんり》の黄河《こうが》　黒山《こくざん》を繞《めぐ》る

これも辺塞詩の、美の方向の詩です。

毎年毎年、金河や玉門関やと戦争をし、毎朝毎朝、馬の鞭や刀を持って駆けめぐる。刀環とはつかに環《わ》のついた刀です。金河は黒河ともいい、内蒙古にある地名です。黒河といわずに金河といったのは、あとのほうに黒山がでてくるのと重複するのを避けた意味もありますが、ここは玉関との対比から金河のほうがピッタリするからでもあります。場所をどこといって詮索するより、語感の上から選択された地名、とみてよいでしょう。前半の二句は対句仕立てで、戦場のあわただしいさまを描きます。後半も対句です。春の三か月を三春といいますが、ここは季節はずれの雪ですから、晩春の意になります。晩春なのに、北地のこととて雪が降る。その雪が王昭君のお墓に積る、が第三句の意味。王昭君は漢の宮廷の女性でしたが、匈奴の王に嫁がされて砂漠の地に死にました。その亡きがらを葬った塚は不思議なことに、年中青い草が生えていたので、青塚（冢と同じ）というのです。砂漠の地方に、一つの色どりをなすのが王昭君の物語であり、その象徴が青塚なのです。帰す、とは雪がそこへ降り積ることをいいます。万里の流れの黄河が、ここ黒山をぐるっとめぐっている。黒山も地名ですが、ここではやはり語感から選択されたものでしょう。もうすでにお気づきのように、後半は前半以上に図式的、絵画的な表現です。三と万の数字の対比、白雪と青冢、黄河と黒山の色の対比が鮮やかです。ですから、この詩を読みますと、こういう印象的な語の配列によって、辺地の様子がパノラマのように眼前に展開する心地がします。この詩のねらいはまさしくそこにあります。前の詩と同様、戦場の深刻さはなくて、むしろ美意識のようなものが主題になります。したがって、辺塞詩でも、このように対句の構成や語の印象を第一にするものは、いわば「戦場音頭《おんど》」「戦争都々逸《どどいつ》」のような趣の歌になります。

右の二つの詩は、キラキラするような語の印象が視覚に訴えられたというのですが、逆に地味な語の視覚的効果を意図するものもあります。李白の「山中問答」（九九ページ参照）はその一例です。この第二句の

笑而不答心自閑　　笑《わら》って答《こた》えず　心《こころおの》自ずから閑《かん》なり

の「而」の字が、詩にはあまり使わない、極めて目立つ用法なのです。これは散文なら普通に接続のはたらきとして用いられますが、詩では字数に制限があり、ことに絶句では切りつめた表現をしますので、このような接続詞や、または終尾詞などの語は省かれます。それをわざと無視したのが、この詩のねらいになっています。この「而」の字一字があることにより、パッと、普通の詩とは違うな、型破りだぞ、という印象を読者に与える効果があるのです。

ことばと聴覚

ことばは音を伴ないますから、その組み合せによっていろいろな聴覚上の効果がでてきます。中国語が本来もつ音の高低による平仄式については、すでに『新漢詩の世界』（三〇ページ）で触れましたので、ここでは、主として二字の熟語における音の効果として、双声《そうせい》・畳韻《じょういん》・重言《ちょうげん》について述べます。

双声　漢語は一字一音節です。音節を分解すると語頭子音と韻母になります。たとえば、「柳」という語についてみると、今の漢字音で「リュウ」といいます。これをローマ字表記するとliuとなります。このl《エル》の部分が語頭子音で、iuの部分が韻母です。すべての語はこの二つの部分に分解できます。ただし、a《ア》など、語頭子音がなく韻母だけのものが少数あります。また、韻母の部分がsan（三）やkok（国）のように、閉じたり、つまったりする音もあります。ちょっとここで注意するのは、国をコクと発音したとき、日本人はkokuのように二音節に発音しますが、これは漢語の原則にはずれたなまりです。kokとつまる音になるのが本当です。これだと一音節です。なお、つまる音には日（jit）、蝶（tep）のようにp・t・kの三とおりあります。蝶は今はチョウと発音しますが、旧かなづかいではテフと書いたように、もとはティエップ↓テフと発音したものです。漢字の音も、中国から入って千年以上たち、日本なまりがでてきているのです。

話をもとにもどし、次の語を見てください。

柳緑《りゅうりょく》（柳は緑みどり）

この発音は

liu liok

となります。語頭子音のl《エル》がそろいます。これを双声といいます。

花紅《かこう》（花は紅くれない）

kua kou

これも双声です。かなで書いてもラリルレロ、カキクケコの行がそろいます。ただ、同じ行なら何でもよい、というのではなく、厳密には辞書を引いて調べなければなりませんが、一応の目安にはなります。よく使うことばで双声のものをあげてみましょう。

玲瓏《れいろう》、荏苒《じんぜん》、参差《しんし》、黄昏《こうこん》、凜烈《りんれつ》、慷慨《こうがい》、清秋《せいしゅう》、困苦《こんく》、豪華《ごうか》、惆悵《ちゅうちょう》、白髪《はくはつ》、文物《ぶんぶつ》

畳韻　双声は語頭子音がそろう構成でしたが、畳韻は韻母がそろう構成です。めちゃくちゃだという意味の「支離滅裂《シリメツレツ》」という語は支離と滅裂のどちらも畳韻です。

shi li, met let

日常よく目に触れるものをさがすと、

平生《へいぜい》、逍遥《しょうよう》、爛漫《らんまん》、落魄《らくたく》、蕭条《しょうじょう》、名声《めいせい》、模糊《もこ》、縹緲《ひょうびょう》、縦容《しょうよう》、蜻蜓《せいてい》、荒涼《こうりょう》、窈窕《ようちょう》

などがあります。これも今の漢字音で一応わかりますが、音の高低（四声――平仄）も関係ありますから、くわしくは辞書を引いて調べる必要があります。

双声、畳韻を効果的に配した詩句はたくさんあります。前にあげた「江の賦」の文もそうでした。今度は杜甫の詩から二つばかり見ましょう。

支離東北風塵際　　支離《しり》たり　東北《とうほく》　風塵《ふうじん》の際《さい》　〈詠懐古跡〉
漂泊西南天地間　　漂泊《ひょうはく》す　西南《せいなん》　天地《てんち》の間《かん》

支離が畳韻、漂泊が双声で相い対しています。

艱難苦恨繁霜鬢　　艱難《かんなん》　苦《はなは》だ恨《うら》む　繁霜《はんそう》の鬢《びん》
潦倒新停濁酒杯　　潦倒《ろうとう》　新《あら》たに停《とど》む　濁酒《だくしゅ》の杯《はい》　〈登高〉

艱難と潦倒と共に畳韻で相い対しています。

次の例は対句ではありませんが、双声の語を多用して、きわめて調子のよい響きを出します。

天地英雄気　　天地《てんち》　英雄《えいゆう》の気《き》
千秋尚凜然　　千秋《せんしゅう》　尚《な》お凜然《りんぜん》　〈劉禹錫・蜀先主廟〉

天地・英雄・千秋、と双声の語を用い、更に凛然はどちらもンで終る音ですから、一読してとても調子がよいのです。これほどでなくとも、一首の詩の中には、双声・畳韻が一つもないほうがむしろ少ない、といってよいほどに、詩人は意識的、無意識的にこの構成をよく用います。詩がうたであることを考えれば、これは当然のことです。（天地と英雄は広い意味での双声です。）

双声・畳韻ばかりで作った句もあります。一種の遊戯の作です。畳韻の例。

後　牖　有　榴　柳　　後牖《こうゆう》に榴　柳《りゅうりゅう》あり　〈梁・武帝〉

後《うし》ろの窓べに柘榴《ざくろ》や柳がある、の意で、音は、

コウ・ユウ・ユウ・リュウ・リュウ

となります。

偏　眠　船　舷　辺　　偏《ひとえ》に眠《ねむ》る　船舷《せんげん》の辺《ほとり》　〈梁・沈約〉

ヘン・メン・セン・ゲン・ヘン

ふなばたのところで眠りこける、の意。なお、眠の音は正しくはメンです。ミンというのは日本人の誤用です。目偏に民ミンだからミンだと思ったのでしょう。これと同じく、よく使う洗も本当はセイ、三水に先《セン》だからセンだと思いこんだ誤用です。ちょっとついでまでに。

唐になりますと、いよいよ凝ったものもでてきます。次は双声の例。

棲　息　銷　心　象　　棲息《せいそく》して心象《しんしょう》を銷《しょう》し

簷　楹　溢　艶　陽　　簷楹《えんえい》　艶陽《えんよう》溢《あふ》る　〈温庭筠〉

一緒に暮して心もとろけ、軒端にかがやく日が昇る、というほどの意ですが、発音してわかるように、一句目はみな語頭子音がｓ、二句目はｙです（溢はイツと発音）。

廃 砌 翳 薜 荔　　廃砌《はいぜい》に薜荔《へいれい》翳《おお》い
枯 湖 無 菰 蒲　　枯湖《ここ》に菰蒲《こほ》無《な》し　〈温庭筠〉

これは二句がそれぞれ畳韻です。句を音読みすると、

ハイ・ゼイ・エイ・ヘイ・レイ
コ・コ・ブ・コ・ホ

となります。玄宗朝の詩人賀知章《がちしょう》（二三九ページ参照）の故宅をたずねた折の作で、荒れた石だたみにつたが生い茂り、干あがった湖には水草もない、の意です。

やはり温庭筠に、全句畳韻で作った詩があります。

雨中与李先生期垂釣　　雨中《うちゅう》に李先生《りせんせい》と垂釣《すいちょう》を期《き》し
　先後相失　　　　　　先後《せんご》相《あ》い失《しっ》す
隔《カク》石《セキ》覓《ベキ》屐《ゲキ》迹《セキ》　　石《いし》を隔《へだ》てて屐迹《げきせき》を覓《もと》め
西《セイ》渓《ケイ》迷《メイ》鶏《ケイ》啼《テイ》　　西渓《せいけい》にて鶏《とり》の啼《な》くに迷《まよ》う
小《ショウ》鳥《チョウ》擾《ジョウ》暁《ギョウ》沼《ショウ》　　小鳥《しょうちょう》は暁沼《ぎょうしょう》に擾《さわ》がしく
犂《レイ》泥《ディ》斉《セイ》低《テイ》畦《ケイ》　　犂《す》かれし泥《どろ》は低《ひく》き畦《あぜ》に斉《ひと》し

雨中に李先生と魚釣りを約束したがいきちがった、という題の詩です。石の向こうに屐《げた》のあとをもとめてうろうろすると、西の谷川の方で鶏の鳴き声がして、道をまちがえたようだ、小鳥どもが朝の沼にやかましく鳴き、はたけの泥がずっとつづくばかり、という意味で、ちゃんと筋もとおり、韻までふんでいます。

重言《ちょうげん》　双声、畳韻と並んでよく用いられるのが重言です。畳字《じょうじ》とも畳語《じょうご》ともいいます。これは同じ語の連続です。

悠悠《ゆうゆう》、正正堂堂《せいせいどうどう》、揚揚《ようよう》、洋洋《ようよう》、沈沈《ちんちん》、細細《さいさい》、蕭蕭《しょうしょう》、皓皓《こうこう》、年年歳歳《ねんねんさいさい》、燦燦《さんさん》、喧喧囂囂《けんけんごうごう》、綿綿《めんめん》

右のように、だいたいは物の状態を表す擬態語、音や声などを表す擬声語が多いのです。

古詩十九首　其二

青青河畔草
鬱鬱園中柳
盈盈楼上女
皎皎当窓牖
娥娥紅粉妝
纖纖出素手
昔為倡家女
今為蕩子婦

古《こ》詩十九首《しじゅうきゅうしゅ》　其《そ》の二《に》

青青《せいせい》たる河畔《かはん》の草《くさ》
鬱鬱《うつうつ》たる園中《えんちゅう》の柳《やなぎ》
盈盈《えいえい》たる楼上《ろうじょう》の女《じょ》
皎皎《きょうきょう》として窓牖《そうゆう》に当《あ》たる
娥娥《がが》たる紅粉《こうふん》の妝《しょう》
纖纖《せんせん》として素手《そしゅ》を出《い》だす
昔《むかし》は倡家《しょうか》の女《むすめ》たり
今《いま》は蕩子《とうし》の婦《つま》たり

蕩子行不帰
空牀難独守

蕩子《とうし》行《ゆ》きて帰《かえ》らず
空牀《くうしょう》 独《ひと》り守《まも》ること難《かた》し

漢代の詩です。初めから六句続けて重言が用いられています。青々とした川のほとりの草、こんもりとした庭の柳（春の盛りになった）、あでやかな楼《たかどの》の上の女、美しい顔を輝かせて窓に向かっている、なまめかしく紅《べに》おしろいの化粧をし、ほっそりとした白い手をだしている、昔は妓楼の女だったが、今は浮気男の妻になっている、浮気な夫は帰って来ない、空《から》のベッドにひとりたえられない。

傍点をつけたのが重言の部分です。女性の美しさをたたみかけるように形容していることがわかります。

こんなに多くの重言を一つの詩の中に用いるのは、後世の近体詩（絶句や律詩）にはありません。字数が限られた中で同じ字を繰返すと、味わいが薄くなる傾きがでてきます。絶句や律詩は、重言二個所ぐらいまでです。

詩の聴覚美は、平仄・押韻を始めとしてここに掲げた三つの用法のほか、句と句、語と語の間に微妙な効果をもたらすものがあります。これらは、外国人であるわれわれには十分に理解することは難しいことです。われわれは漢詩を訓読で読みますから、意味は汲みとれますが、原音の味までは汲めません。中国語で読めれば、それは是正されます。しかし、単に中国音で読めても、詩人の配慮工夫といった点に注意していなければ、これまた十分な理解は難しいのです。こう考えてゆくと、漢詩の味を尽すのは、なかなか容易なことではありません。

今、中国語で読めば音の理解は可能だ、と言いましたが、本当は、詩人が詩を作った当時の音に復元しなければ十分とは言えないのです。当時の音とは、主として唐代の、われわれが漢音と呼んでいる音です（むろん、高低の調子がこれについていませんが）。だから、ものによっては、現代中国音で読むよりも、日本に伝わっている漢音で音読みしたほうが原音に近いものがあります。たとえば、前に述べたp・t・kのつくまる音は、今の標準中国語（普通話といいます）では消滅してしまってありません。漢字音には、日本なりはあるものの、残っていますから、その調子はつかめるわけです。

本当は、唐詩をすべて原音に復元すると、よりよく味わいを尽すことができるわけです。ここでちょっと興味深いお話をいたします。前の『漢詩の世界』の最初の出版のとき、詩吟のカセットもつけて、別に『漢詩のすすめ』という題で出しましたが、このカセットの一部に、中国語の朗読や詩吟を入れる試みをしました。その中に、李白の「早に白帝城を発す」と、杜甫の「春望」の二首には、唐代音の復元を、中国語学者平山久雄氏にお願いして、氏自身に朗読していただきました。現在の研究によって、相当のところまで復元できる、ということで、理論的に音を割り出したものを、相当の期間練習して朗読したものです。なにしろ現在はない音がたくさんあるので、練習しないと音が出せないのです。今度の新版ではそれをCDにしておきましたので、その成果はCDを聞いていただくとして、唐代音をかなにして字につけてみますと、

早発白帝城《ザオファッパクテイジン》　　李《リイ》　白《パク》

朝《テウ》辞《ジ》白《パク》帝《ティ》彩《ツォイ》雲《ユン》間《カン》
千《チェン》里《リイ》江《カン》陵《リン》一《イッ》日《ジッ》還《ホワン》
両《リャン》岸《アン》猿《ユアン》声《シン》啼《ティ》不《プッ》住《ジィ》
軽《チン》舟《ジョウ》已《イー》過《グア》万《ウァン》重《チョン》山《サン》

かなでは正確な音は表せませんが、今の漢字音にむしろ近いものが多いことにお気づきでしょう。これを朗読しての平山氏の感想に、第二句の「千里江陵一日還」は、里と陵のl《エル》のなめらかな発音があって、一《イッ》・日《ジッ》とつまる音が続き、終りに還《ホワン》、と口を開いた明るい音がくるのは、いかにも千里の遠くまで一息に下るという内容とよく合う、とのことです。しかも、一と日は同じつまる音でも、一のほうは高く、日のほうは低いので、グッグッとせるような勢いが出るとのこと。さらにもう一つ、第三句の、「両岸猿」の三語はいずれもアの母音を含むが、そのアは発音記号ではɑと記す、暗い感じの音である、それが三つ連続すると、両岸の迫った暗い峡谷の感じがでるようである、とのことです。興味深いことです。是非とも、中国語学の専門家の協力を得て、すべての名詩について当時の音に復元してみたいものです。

II　詩人と風土

1　野のうた

勅勒歌

勅勒川
陰山下
天似穹廬
籠蓋四野
天蒼蒼
野茫茫
風吹草低見牛羊

勅勒《ちょくろく》の歌《うた》　無名氏《むめいし》

勅勒《ちょくろく》の川《かわ》
陰山《いんざん》の下《もと》
天《てん》は穹廬《きゅうろ》に似《に》て
四野《しや》を籠蓋《ろうがい》す
天《てん》は蒼蒼《そうそう》たり
野《の》は茫茫《ぼうぼう》たり
風《かぜ》吹《ふ》き草《くさ》低《た》れて牛羊《ぎゅうよう》を見《み》る

（七言古詩、韻字は下・野」蒼・茫・羊」）

これは無名氏の作となっていますが、一説に斛律金《こくりつきん》という北斉《ほくせい》の貴族が作者だといいます。北斉は鮮卑《せんぴ》族の建てた王朝で、この歌も、もとは鮮卑語であったものを、漢訳したものだ、ともいいます。だいたい西暦五〇〇年ごろの歌です。

勅勒《ちょくろく》の川　陰山の下

勅勒の川は陰山のふもとを流れている。勅勒というのは、黄河の北に横たわる陰山山脈の、その向こうの地方です。つまり、そこはソ連のバイカル湖の南になります。その草原地帯に悠々と川が流れている。

天は穹廬《きゅうろ》に似て　四野を籠蓋《ろうがい》す

穹廬というのは、今日も蒙古地方に見られる包《パオ》（ゲル）というもので、天井が円くなっているテントです。四野は四方の野原。籠蓋は、籠が名詞ではかご、蓋が名詞ではふたで、それを動詞に使ってありますから、かごのように、ふたのようにすっぽりかぶさるという意味です。空が包《パオ》に似ている、というのはいかにも遊牧民族らしい表現です。鮮卑族はもと、この辺りの草原に遊牧していた部族なのです。

天は蒼蒼《そうそう》たり　野は茫茫《ぼうぼう》たり

蒼蒼は空の深く澄んでいるさま。たとえば、深い海の色や夕暮の景色なども蒼蒼といいます。黒いまでに澄み渡った色です。茫茫は果てしもなく広がるさま。空は青々と澄み渡り、野原は広々と果てしもなく広がる、雄大な草原の様子です。

　風吹き　草低《た》れて　牛羊を見る

そこへ風が吹き渡ると、草がその風の通ったところだけ低くなる。低は「たれる」と、動詞に読みます。その草が低れたところに、放牧された牛や羊の姿が点々と見える。見は、「あらわる」と読み、牛や羊の姿があらわれた、としてもよろしい。

遊牧民族らしい、ぶっきらぼうなまでに男っぽい、飾り気のない詩です。もとは鮮卑語だったというように、なるほど、形式を見ますと、三字やら、四字やら、七字やら、いろいろな字数の句がまざっており、韻のふみ方も、下《か》・野《や》とふんで、そこできれて、蒼《そう》・茫《ぼう》・羊《よう》とふむ、変則的な形式です。漢詩の中でも一風変わった作品といえましょう。

長城

秦築長城比鉄牢
蕃戎不敢逼臨洮
焉知万里連雲勢
不及堯階三尺高

長《ちょう》城《じょう》　汪《おう》遵《じゅん》

秦《しん》　長城《ちょうじょう》を築《きず》いて鉄牢《てつろう》に比《ひ》す
蕃戎《ばんじゅう》　敢《あ》えて臨洮《りんとう》に逼《せま》らず
焉《いず》くんぞ知《し》らん　万里《ばんり》　連雲《れんうん》の勢《いきお》い
及《およ》ばず　堯階《ぎょうかい》　三尺《さんじゃく》の高《たか》きに

（七言絶句、韻字は牢・洮・高）

汪遵は咸通《かんつう》七年(八八六)に進士に合格したといいますから、唐の末の詩人です。初め小役人で全く目立たない男だったのですが、夜を日についで読書し、ついに合格したという努力の人です。同郷の友人が都へ試験を受けに来たところ、うらぶれた姿の汪遵がいるので、何しに来た、と問うと、試験を受けに来た、という。小役人のくせにおれと肩を並べようなどけしからん、と怒り、おおいに侮辱したが、フタを開けてみると合格したのは汪遵だった、というエピソードがあります。詩は絶句を得意としました。

臨洮に残る秦の長城(©シーピーシー)

秦　長城を築いて鉄牢に比す

秦は万里の長城を築いて、鉄の牢《かた》さにも比《ひ》すると誇った。鉄牢の牢は固いという意味です。秦の始皇帝が万里の長城を築いたことは歴史上、有名です。

蕃戎《ばんじゅう》　敢て臨洮《りんとう》に逼《せま》らず

蕃も戎も中国人からみた異民族を軽蔑していう言い方です。東《とう》夷《い》・西戎・南蛮(蕃)・北狄《ほくてき》といい、普通は、蛮は南にいるもの、戎は西にいるものをいいますが、ここでは要するに中国人(漢民族）に敵対する部族――えびすの意です。「敵て…せず」とは、関西弁で言う、「よう…せん」ということ。…できない。えびすどもが臨洮までよう攻めて来ない。臨洮は万里の長城の起点になるところで、甘粛省の南部にあります。西は臨洮から東は遼陽に至るまで万里の長城を築いたのです。以前に戦国時代の趙《ちょう》や燕《えん》の築いたものを修復したところもありますが、ともかく、秦の始皇帝の時に大規模な土木工事を起して完成させました。全長二四〇〇キロ、中国の里で四千余里、実に世界最大の建造物です。なお、長城は今も相当部分残っていますが、主に明《ミン》代になって修復したものです。北京の北にある八達嶺《はったつれい》はことに有名です。

さて実際にこの長城は防衛に有効だったのです。というのは、遊牧民は馬に乗ってきます。そこにこのような長城があると、どうしても越えられないのです。今日ではこんなものはなんの役にも立たないのでしょうが、当時は非常に有効なものでした。そのために、莫大な費用と長い年月を費やしてこしらえたのです。しかしそのかげには大勢の人民が長城の苦役に泣き、その苦しみをうたった「飲馬長城窟行」（長城のいわやで馬に水をやる歌）という詩もあります。

前半の二句では、秦の始皇帝が万里の長城を築いたことによって異民族がやって来なくなったということを言っていますが、この詩の言いたいことは後半にあります。

　焉《いず》くんぞ知らん　万里　連雲の勢い

焉くんぞ知らんは反語です。どうして知ろうか、この万里の長城の雲にも連なろうかというような勢いが、と結句につながり、

及ばず　堯階《ぎょうかい》　三尺の高きに

あの堯帝のわずか三尺の高さの階段に及ばないとは。いにしえの堯という聖天子の宮殿はとても質素で、土の階段わずか三段だけ。そんな粗末な宮殿に住んでいて世の中は非常によく治まったといわれます。だから、秦の始皇帝がこんなにものすごい万里の長城を築いて、得意になっているかもしれないが、実は、あの堯の土の階段三尺の高さにも及ばないのに、ということになります。

この詩は、長城のことをうたっているのですが、言いたいことは、力だけで世の中を治めようとする秦の始皇帝のやり方に対する痛烈な批判なのです。

2 河のうた

登鸛鵲楼

白日依山尽
黄河入海流
欲窮千里目
更上一層楼

鸛鵲楼《かんじゃくろう》に登《のぼ》る　王《おう》　之渙《しかん》

白日《はくじつ》　山《やま》に依《よ》って尽《つ》き
黄河《こうが》　海《うみ》に入《い》って流《なが》る
千里《せんり》の目《め》を窮《きわ》めんと欲《ほっ》し
更《さら》に上《のぼ》る　一層《いっそう》の楼《ろう》

（五言絶句、韻字は流・楼）

王之渙も絶句の名人です。鸛鵲楼は黄河が北から流れて大きく東に流れる、その屈曲点にあった高殿《たかどの》の名前です。今の山西省永済《えいさい》県にありました。たいへん眺めがよいことから、昔から文人・詩人がここに来て、詩や文章を書いています。鸛鵲はこうのとりで、昔、こうのとりがここに巣をかけたということにちなんで付けられた名前です。

白日　山に依《よ》って尽き、黄河　海に入って流る

対句です。白日は太陽のことで、白いという字には特別な意味はありません。依ってというのは添ってということ。輝く太陽が山に寄り添いながら沈んでゆく。西の方、黒々とした山並《やまなみ》、その山並の向こうに沈みゆく赤い夕陽。まず第一句、読者の眼前に、赤と黒のクッキリとした色の対比が迫ってきます。これが遠景。第二句は近景。眼下には黄河が北から流れてきて、ここを屈曲点にしてグーッと東へ流れてゆく。滔々たる流れ。それは海に入り込んで流れる。この、海に入って流れる、というのは、実際に海がここから見えるのではありません。河口から二千キロもあるのですから、どんな高いところへ登っても海は見えない。それをあえて「海に入って」というのは、黄河の流れの勢いを表そうとしたのです。当時の中国人にとって海は地の果て、その地の果てへ、滔々《とうとう》と流れる黄河。わずか五字で、雄大な情景をみごとにとらえました。また、第一句の白日と、第二句の黄河がやはり色の対比になって、鮮明な印象を読者に与えています。

千里の目を窮めんと欲し、更に上《のぼ》る一層の楼

千里も見はるかす眺めをきわめようと思い、もう一層上の階に上っていった。今すでに充分な眺めであるが、さらにもっと広々とした眺めをきわめたい、というのです。

これを、前半の二句の情景は後半の二句の結果である、すなわち、千里の目をきわめようと一層上の楼に

上った、その結果、「白日　山に……」の情景が見えた、と解する説もありますが、どうでしょうか。やはり、初めから自然に読んで、雄大な景色に眺め入るうち、心広がり、さらに大きな景色を見渡したくなったととるほうが勢いもよく、味わい深いと思います。

なお後半の二句も対句です。「千里目」「一層楼」と数の対比もうまいものです。前半も対句ですから、この詩は全対格《ぜんついかく》になっています。しかし、その全対格の技巧を感じさせないような、それをおおってしまうような力強さが、この詩にはあります。わずか二十字で、力感といい、強烈な印象といい、技巧といい、これだけのものが盛り込めるのですからたいしたものです。五言絶句の最高傑作の一つであること、疑いありません。

江雪

千山鳥飛絶
万径人蹤滅
孤舟蓑笠翁
独釣寒江雪

江《こう》雪《せつ》　柳《りゅう》宗元《そうげん》

千山《せんざん》　鳥《とり》飛《と》ぶこと絶《た》え
万径《ばんけい》　人蹤《じんしょう》滅《めっ》す
孤舟《こしゅう》　蓑笠《さりゅう》の翁《おう》
独《ひと》り釣《つ》る　寒江《かんこう》の雪《ゆき》

（五言絶句、韻字は絶・滅・雪）

柳宗元（七七三―八一九）、字《あざな》は子厚《しこう》、中唐の詩人です。若くして試験に合格し、エリートコースを歩んだのですが、ちょうど当時、党派争いがあり、それに巻き込まれて、三十三歳のとき永州（湖南省）に左遷されました。そこにまる十年、いったん都にもどされ、またすぐに流されます。今度は柳州（広西省）という所で、とうとうそこで亡くなりました。四十七歳でした。最後の官になった柳州刺史（長官）をとって柳柳州と呼ばれます。皮肉にも自分と同じ名前の所に流されたのです。この作品は永州に流されていた時の作品です。

千山　鳥飛ぶこと絶え、万径　人蹤《じんしょう》滅す

最初の二句は対句です。千山・万径というのは大きな数を言っています。山々に鳥の飛ぶことが絶え、径《こみち》には人の足跡が消えた。蹤は足跡です。前半の二句で大きな遠景を述べ、後半は近くの情景になります。

孤舟　蓑笠《さりゅう》の翁《おう》、独り釣る　寒江の雪

ポツンと一つ舟が浮んでおり、その舟の上には蓑笠《みのかさ》をつけた老人がただ一人、寒々とした雪の中で釣りをしている。

淡淡とした情景です。みどころの一つは、鳥の飛ぶことが絶えたのも、人の足跡が消えたのも、翁が蓑笠つけているのも、みな雪のためであるが、わざと雪の字をつけず、一番最後に雪の字がでてくることです。効果的な手法です。まず大きな山の場面、次に山の小道、目を転じて近景の川の場面、一そうの小舟、舟の中の老人、ときて、最後にピシャッとピントが合うような感じになっています。

全体は白い雪をバックに、一すじの川。そして小舟。小舟の上の老人も真っ白に雪をかぶっている墨絵のような景色です。動くものはといえば、降りしきる雪だけです。舟の上の老人もジーッと釣り糸を垂れている。ほとんど動きがありません。

さて、この雪の情景の中に、作者は何を表そうとしているのでしょうか。ジッとこの詩を見つめていると、目に飛び込んでくるのが、第三句と第四句の頭にある「孤」「独」の字です。印象的な字です。作者の言いたいことは、この墨絵の景色の中に凝縮されています。ここでこの老人が何のためにこの寒ぞらに釣りをしているのか、などと問うのは愚かなことです。雪の中の孤独な老人の姿こそ、作者の心の投影なのです。この景は心象風景と考えていいでしょう。奥深いものを感じさせる作品です。

柳宗元は永州に来て、左遷の憂さを晴らすのに、あちこちの山水をめぐり、「永州八記」という有名な紀行文を残しました。また時事を諷した鋭い論文も書き、今日高い評価を受けています。

秋江独釣図

清時有味是漁舟
水宿生涯伴白鷗
蒲葉蘆花半零落
一竿帯雨暮江秋

秋江独釣図《しゅうこうどくちょうず》　一休《いっきゅう》　宗純《そうじゅん》

清時《せいじ》　味《あじ》有《あ》るは　是《こ》れ漁舟《ぎょしゅう》
水宿《すいしゅく》の生涯《しょうがい》　白鷗《はくおう》を伴《ともな》う
蒲葉《ほよう》　蘆花《ろか》　半《なか》ば零落《れいらく》
一竿《いっかん》　雨《あめ》を帯《お》ぶ　暮江《ぼこう》の秋《あき》

（七言絶句、韻字は舟・鷗・秋）

一休宗純（一三九四―一四八一）、京都の人で、後小松天皇の落胤《らくいん》と伝えられています。いろいろのエピソードで民衆に人気のある臨済宗のお坊さんですが、書にも詩にも優れたものを残しております。その詩集を『狂雲集』といいます。

「秋江独釣」というのは、前出の柳宗元の「江雪」から「寒江独釣」という詩題、またそれに基づく画題が出てきまして、たくさんの模擬の詩や絵が作られたすえ、その一つの変化として、出てきたものです。すなわちこれは、その絵に題したものと思います。

清時《せいじ》　味有るは　是《こ》れ漁舟

清時は天下太平の世をいいます。清時に味がある、天下太平の時におもしろみのあるのは、それは漁舟だ。これには出典がありまして、晩唐の杜牧の「楽遊原を望む」詩に、

清時　味有るは　是れ無能、閑には白雲を愛し　静には僧を愛す

という句があります。天下太平の時に味があるのは、無能者だ。天下太平の時には、世に出て積極的に行動するのが、有能な者、自分は無能者だから、しずかに白雲を眺めたり和尚さんとお話をしたりするしか能がない、ということです。これは一種の逆説で、その底には無能どころか、自分のことを高くみているのです。一休のこの詩は、これをふまえて、天下太平の時に最も味のあるのは漁舟の生活だと、それは、

水宿の生涯　白鷗を伴う

水辺で一生涯船宿《ふなやど》りをし、連《つ》れはといえば白い鷗だ。逆に言うならば、白い鷗を伴侶にして、一そうの小舟に身を託す漁師のこの生涯こそは、最も天下太平の世にふさわしい、という意味です。つまり、無能だから漁師をしている、というのは謙遜で、漁師というのは隠者に近いもの、または隠者そのものなのですから、どうして、実は自らを高く持しているのです。

蒲葉《ほよう》　蘆花《ろか》　半ば零落

蒲はがま。がまの葉や蘆《あし》の花が、半分は枯れたり散ったりしている。舟宿りをしている岸辺の様子です。零落《れいらく》ということばは双声です。

一竿《いっかん》　雨を帯ぶ　暮江の秋

その秋のもの寂しい情景の中で、竿一本を友として、雨に降られながら、秋の夕暮の川で釣りをする。このところは、柳宗元の、寒々とした雪景色の中で釣りをするのとよく似ていますが、これは秋ですから、雨になっています。書いてありませんが、雨の中に蓑笠つけていることが想像されます。

俗世間を離れて、自然の中に悠々閑々の生活を送る、そこに真実の生き方がある、ということです。

高野《たかの》　蘭亭《らんてい》

月夜三叉江泛舟
三叉中断大江秋
明月新懸万里流
欲向碧天吹玉笛
浮雲一片落扁舟

月夜《げつや》　三叉江《さんさこう》に舟《ふね》を泛《うか》ぶ
三叉《さんさ》　中断《ちゅうだん》す　大江《たいこう》の秋《あき》
明月《めいげつ》　新《あら》たに懸《かか》る　万里《ばんり》の流《なが》れ
碧天《へきてん》に向《む》かって　玉笛《ぎょくてき》を吹《ふ》かんと欲《ほっ》す
浮雲一片《ふうんいっぺん》　扁舟《へんしゅう》に落《お》つ

（七言絶句、韻字は秋・流・舟）

高野蘭亭（一七〇四―一七五七）、名は惟馨《いけい》、荻生徂徠《おぎゅうそらい》の弟子です。十七歳で失明して、徂徠に、詩を専一にせよ、と勧められました。徂徠は江戸の茅場町におりましたので、徂徠一派を、蘐園派《けんえんは》といいます。蘐はかやで、茅と通じます。その蘐園派の特徴をよく表した詩です。

三叉江というのは、隅田川の三叉《みつまた》というところ。今戸《いまど》川という川が流れてきてここが三叉になっているのです。今の隅田公園の辺りです。江戸時代は文人墨客がここに来て月見をしたものです。

三叉　中断す　大江の秋

三叉のところで隅田の大川が断ち切れて流れる秋の夜。いかにも大きな表現ですが、この辺りの川の様子を知っているわれわれは、どうも表現がオーバーだと思ってしまいます。実は李白の「天門山を望む」という詩に、「天門中断して　楚江《そこう》開く」とあるのによったものです。蘭亭はこの雄大な表現に惚れたのでしょ

三叉（江戸名所図会）

う。蘐園派というのは、このような〝盛唐の風〟を尊び、好んで大きな表現をしたのです。隅田川はそれほど大きな川ではないし、それに流れ入る今戸川はさらに小さい。だから、「中断」だの「大江」だの大げさな言い方はふさわしくないんですけれども、そこに当時の人々の、唐詩にあこがれる姿がわかるのです。また蘭亭は失明していましたから、どうしても想像が実景を上まわるところがある、とも考えられます。さはあれ、今よりずっと清らかで、水量も豊かであったろう隅田川のゆったりした流れ、それに今戸川の流れ込む三叉の辺り、一きわ秋の風情が漂います。

明月　新たに懸る　万里の流れ

そこへ満月がさし出て、その光が川の流れにチラチラ、チラチラと映ってゆく。新たに懸るとは、さし出たばかりの意。万里というのもたいへん大げさです。隅田川の流れをたどってゆけば、秩父の山に入って行きますから、とても万里というわけにはいきませんが、大江と言ったので万里と言いたい気分なのです。この二句だけ見たら、長江かとも思います。李白に見せたらなんと言うでしょうか。

碧天《へきてん》に向かって　玉笛を吹かんと欲す

月の浮ぶ青い青い空に向かって、美しい玉笛を吹こうとする。欲は……しようとする意。玉笛も唐の詩にはたくさんでてきますが、美しい笛をいいます。月の夜に笛を鳴らす、そこにひとつの風雅な姿。

浮雲一片《いっぺん》　扁舟《へんしゅう》に落つ

すると浮雲が一ひら、ふわふわっとわが乗る小舟に落ちてきた。扁舟は小舟のことです。小舟に雲がすっと落ちてきたという趣向ですが、このところは、初唐の張若虚《ちょうじゃっきょ》の「春江花月《しゅんこうかげつ》の夜《よる》」という詩に、「白雲一片　去《さ》って悠悠《ゆうゆう》、青楓浦上《せいふうほじょう》　愁《うれ》いに勝《た》えず、誰《た》が家《いえ》か今夜《こんや》　扁舟の子《こ》、何《いず》れの処《ところ》にか相《あ》い思《おも》う明月の楼《ろう》」とあるのを連想させます。この詩は全部で三十六句の長い詩ですが、ロマンティックな美しい詩で、そこに漂う甘い愁いのようなものが、語の連想によって、ここにも漂うのです。また、玉笛の連想から、李白の「黄鶴楼中　玉笛を吹く」の句が思い出されます。さらに、笛を吹くと雲が下りてくる、ということから、黄鶴楼にちなむ仙人の伝説も思い出され、それがいかにも俗世を離れた風雅な味をかもしだす効果をあげています。

漢詩というのはこのように少ないことばで、多くの事柄を含みとすることができるのです。

この詩は、表現はおおげさですが、全体的にしっとりとした美しさを感じさせる作品ではあります。この詩と、服部南郭《なんかく》の「夜　墨水を下る」（『新漢詩の世界』九六ページ参照）と、次の「早に深川を発す」の三つを「墨江（隅田川）の三絶」といい、昔からもてはやしています。

早発深川

月落人煙曙色分
長橋一半限星文
連天忽下深川水
直向総州為白雲

早《つと》に深川《ふかがわ》を発《はっ》す　平野《ひらの》　金華《きんか》

月《つき》落《お》ちて　人煙《じんえん》　曙色《しょしょく》分《わか》る
長橋一半《ちょうきょういっぱん》　星文《せいぶん》を限《かぎ》る
天《てん》に連《つら》なって忽《たちま》ち下《くだ》る　深川《ふかがわ》の水《みず》
直《ただ》ちに総州《そうしゅう》に向《む》かって　白雲《はくうん》と為《な》る

（七言絶句、韻字は分・文・雲）

平野金華（一六八八—一七三二）、名は玄中。荻生徂徠の門下で、南郭や蘭亭と似た詩風です。深川は今の東京の深川。朝早く深川を発して隅田川を舟で下っていったという意味で、李白の「早に白帝城を発す」（『新漢詩の世界』八六ページ参照）と似た題です。ただし、情景はだいぶ違います。

月落ちて　人煙　曙色《しょしょく》分る

月が沈み、人家の煙が立ち上り、朝の景色がだんだんはっきりしてきた。人煙は、人々の家から立ち上る炊事の煙です。曙色は暁の様子。月も沈み、東の方、行く手の方角がほの白くなって来た情景です。

長橋一半　星文を限る

長橋は大きな橋。ここでは永代橋《えいたいばし》を指します。その永代橋が、星空を半分に限っている。一半は半分のこと。わかりやすく言えば、大きな橋によって空が半分に分れているという、下から橋を仰ぐような感じでうたっています。星文の文は文（紋）様ということで、くっきりとあやなす星座をいいます。第一句が、行く手の方角の情景なのに対して、第二句は後方をふり返った景です。東は白み始めたが、西はまだ星がはっきりと見える夜空です。

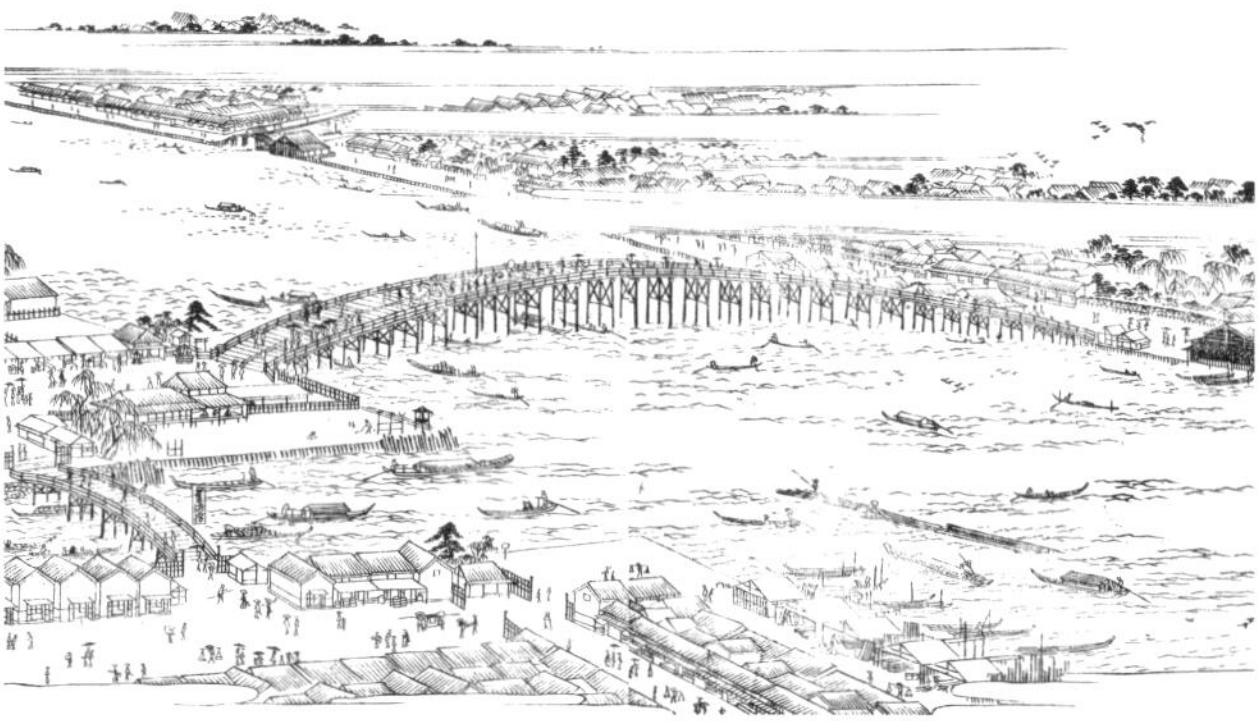

永代橋（江戸名所図会）

天に連《つらな》って忽《たちま》ち下る　深川の水

水が天に連るというのは、川幅が広くないと言えない表現ですが、深川から漕ぎ出して少し行けば、川は海に接しますから、ここのところは必ずしも大げさではないかもしれません。

直《ただ》ちに総州に向かって　白雲と為《な》る

総州は今の上総下総《かずさしもうさ》、千葉県です。上総下総の方へ向かって、その水の先の方は白い雲になっている。つまり、行く手に白い雲が湧いているということ。

人家の煙も漂う朝もやの中を漕ぎ出してゆくと、深川の水はいつしか海に入り、ふと見る向こうは総州の山、白雲がたなびいている。その白雲の中にとけ入る心地で、縹渺《ひょうびょう》たる味をだしています。かなり作為的な感じはしますが、風格は高い、といった作品です。

中国の舟下りの詩が雄壮で、力感あふれるものが多いのに対して、日本の舟下りの詩は、語は雄壮でも、主眼とするところは風流にある、といってよいかと思います。やはり風土のしからしむるところでしょう。

3 山のうた

石壁精舎還湖中作

昏旦変気候
山水含清暉
清暉能娯人
遊子憺忘帰
出谷日尚蚤
入舟陽已微
林壑斂瞑色
雲霞収夕霏
芰荷迭映蔚

石壁精舎《せきへきしょうじゃ》より湖中《こちゅう》に還《かえ》る作《さく》　謝《しゃ》　霊運《れいうん》

昏旦《こんたん》に気候《きこう》変《へん》じ
山水《さんすい》清暉《せいき》を含《ふく》む
清暉《せいき》能《よ》く人《ひと》を娯《たの》しましむ
遊子《ゆうし》　憺《やす》んじて帰《かえ》るを忘《わす》る
谷《たに》を出《い》でて　日《ひ》　尚《な》お蚤《はや》く
舟《ふね》に入《い》りて　陽《ひ》　已《すで》に微《かすか》なり
林壑《りんがく》　瞑色《めいしょく》を斂《おさ》め
雲霞《うんか》　夕霏《せきひ》を収《おさ》む
芰荷《きか》　迭《たが》いに映蔚《えいい》し

蒲稗相因依
披払趨南逕
愉悦偃東扉
慮澹物自軽
意愜理無違
寄言摂生客
試用此道推

蒲稗《ほはい》 相《あ》い因《よ》り依《よ》る
披払《ひふつ》して南逕《なんけい》に趨《はし》り
愉悦《ゆえつ》して東扉《とうひ》に偃《ふ》す
慮《りょ》は澹《たん》にして 物《もの》 自《おの》ずから軽《かろ》く
意《い》 愜《かな》いて 理《り》 違《たが》う無《な》し
言《げん》を寄《よ》す 摂生《せっせい》の客《かく》
試《こころ》みに此《こ》の道《みち》を用《も》って推《お》せ
(五言古詩、韻字は暉・帰・微・霏・依・扉・違・推)

謝霊運は陶淵明と同時代で、五世紀初頭に活躍した詩人です。今は陶淵明ほど知られませんが、当時は陶淵明よりはるかに大きな存在でした。六朝第一といってもよいでしょう。特に山水詩の開祖とうたわれます。山水詩とは自然の風景をうたう詩のことで、別の言い方では叙景詩になります。謝霊運の詩は『文選』に四十首と、最も多くとられていますが、そのうちの一つを見ましょう。

これは彼が左遷される途中、故郷に立ち寄った時の作品です。彼の故郷は始寧《しねい》というところ、今の浙江省上虞県の辺り。昔から景色がよくて有名です。この湖は巫湖《ふこ》といい、三面を高い山がとり囲み、五つの谷川が注ぎ込むという。その南側の谷にあるのが石壁で、精舎とは書斎のことです。

昏旦に　気候変じ、山水　清暉《せいき》を含む

昏は夕暮、旦は朝。夕暮と朝とでは空の様子が変わる。気候ということばは、今の意味とは少し違い、空気や辺りの様子という意味です。清暉は清らかな光。日の光が、夕暮と朝とでは違う、その違う日の光によって自然の情景も当然微妙に違ってくるというのです。ここのところは何でもないようですが、光の微妙な変化に気づいたのは謝霊運が初めての詩人と言ってよいのです。

清暉　能《よ》く人を娯《たの》しましむ、遊子　憺《やす》んじて帰るを忘る

清らかな日の光、その微妙な変化はよく人を楽しませる。であるから、遊子、すなわち私はうっとりとして帰るのも忘れ、それにひたりこんでしまう。清暉の語がしりとりになっていますが、こういう手法はこの時代には多いのです。

谷を出でて　日　尚《な》お蚤《はや》く、舟に入りて　陽《ひ》　已《すで》に微なり

谷を出て遊びに出かけたのは、日も昇らないいまだ朝も早い時刻だったが、舟に入って帰ろうとする時には夕暮の陽がもうかすかになっている。さきほどの第一句に昏旦という語がありましたが、この谷を出づるほうは旦（朝）で、舟に入るほうは昏（夕）です。

林壑《りんがく》　瞑色《めいしょく》を斂《おさ》め、雲霞《うんか》　夕霏《せきひ》を収む

林や壑《たに》が夕暮の色を斂めてゆく。この斂という字がなかなか味わいがあります。林や壑がだんだん暗くなってゆくのを、物がすうーとおさまってゆくように、黒い闇の中にすべての景色が吸い込まれてゆく、というふうに表現しているのです。

雲霞は朝焼け、夕焼けの赤い広がりのこと。夕霏というのはわかりにくい語ですが、霏は、霏霏と重ねて雨や雪が細《こま》かく降る形容に用いますから、夕闇が立ちこめるさまをいうものと思います。つまり、夕焼けの赤味が、しだいに夕やみの中に消えてゆく、ということ。この二句は地上と空の暮れせまる様子を描いたものです。夕暮の日の光によって刻々変わってゆく、そういう微妙な情景をさらに的確にとらえている句なのです。

芰荷《きか》　迭《たが》いに映蔚《えいい》し、蒲稗《ほはい》　相い因り依る

芰・荷・蒲・稗、いずれも水草です。芰はひし、荷ははす。それが互いに照り映えあう。蒲《がま》や稗（これはひえに似た水草で水稗《すいはい》といわれるもの）が互いに依りかかりあっている。いろいろの水草が岸辺に生い茂っているのです。なにげない水のほとりの情景、その水草の中にも夕暮の日の光が射し込んで刻々と変化している、というのが読者には感ぜられます。ここまでが情景の描写になります。

披払《ひふつ》して南逕《なんけい》に趨《はし》り、愉悦して東扉《とうひ》に偃《ふ》す

披はかぶる、払ははらう。草や木をかぶったりはらったりしながら、南の小道に走ってゆく。ですからこのところは舟を下りて、急ぎ足で南の小道を走ってゆくのです。愉悦の愉も悦も喜ぶこと。楽しい思いで家に帰り、東の扉のところで身を横たえる。なお、披払《ひふつ》も愉悦《ゆえつ》も双声になっています。

慮《りょ》は澹《たん》にして　物自ずから軽く、意　愜《かな》いて　理　違《たが》う無し

この句から理屈になります。澹は静かなこと、澹々とすること。いい気持になって胸いっぱい景色を味わい、そして家へ帰ってゴロンと横になる。すると思いは澹々とし、物はおのずから軽くなる。物とは外物のことで、いろいろとわずらわしい世間のもの。そういったものは自然に軽くなってしまう。世間の人々は外の物の重みに打ちひしがれているだろうが、美しい景色にひたることによって、自分はそういうものはどうでもよいという気持になる。意愜《かな》う、は心が満足すること。わが心はすっかり満足して自分の本性に違うことはない。理は、自分の持ち前の性。満足の気持をもっておれば自然に本性と違うことなく、無理がないということです。

言を寄す　摂生《せっせい》の客、試みに此の道を用《も》って推せ

ちょっと申し上げます、というのが「言を寄す」です。摂生は養生と言ってもよい。道を楽しんで長生きしようとする、そういう人にちょっと申し上げます、どうぞこの道を試みにしてみてください。推《お》せは推しすすめる。この道というのは今私がしているこの道（生き方）です。

以上のようにみますと、形はかなり変わっていますが、陶淵明の「飲酒其の五」（一六三ページ参照）とい

う詩に「此《こ》の中《うち》　真意有り、弁ぜんと欲して已《すで》に言を忘る」といったのと通うものがあります。今自分のしている生き方が最も人間らしいのだ、うらやましかったら真似してみろ、とうそぶいているのです。

謝霊運は陶淵明とは比較にならぬ超一流貴族の出身で、現実の出処進退は必ずしも彼の言っているとおりにはならなかったのですけれども、詩の世界ではこういうような境地に遊んでいるのです。このように謝霊運の作品は、半分が自然描写になり、半分が理屈になっているのが多く、この理屈になっている部分が、今日の眼から見ますとやや難解な面があり、おもしろみに乏しく（この詩はそうでもありませんが）、したがって今日ではあまり読まれません。自然描写は、いくら年月が経とうとも光があせないほどのすぐれた描写があるのに、読者が少ないのは残念なことです。

富士山

仙客来遊雲外巓
神龍棲老洞中淵
雪如紈素煙如柄
白扇倒懸東海天

富士山《ふじさん》　石川《いしかわ》　丈山《じょうざん》
仙客《せんかく》　来《き》たり遊《あそ》ぶ　雲外《うんがい》の巓《いただき》
神龍《しんりゅう》　棲《す》み老《お》ゆ　洞中《どうちゅう》の淵《ふち》
雪《ゆき》は紈素《がんそ》の如《ごと》く　煙《けむり》は柄《え》の如《ごと》し
白扇《はくせん》　倒《さか》しまに懸《かか》る　東海《とうかい》の天《てん》

（七言絶句、韻字は巓・淵・天）

石川丈山（一五八三―一六七二）、名は重之。江戸の初めの人で、三河（愛知県）の出身です。もとは武士で、大阪の陣に抜け駆けをしてとがめられ、後に武士をやめ、京都比叡山の下の詩仙堂に隠棲し、九十歳で没しました。詩仙堂は、三十六歌仙にならって三十六人の詩仙の絵をめぐらした屋敷です。晩年は風流自適の生涯を送った人ですが、一説に彼は幕府から京を監視する密命を帯びたお庭番（スパイ）だったといいます。

仙客　来たり遊ぶ　雲外の巓《いただき》

一句と二句は対句になっています。仙客は仙人。富士山のてっぺんは雲の外に出ていますから、雲外の巓です。そこへ仙人が来て遊ぶこともあるだろう。

神龍　棲み老ゆ　洞中の淵

神龍とは、不思議な龍。それが富士山のたくさんのほら穴の、深くよどんだ淵の中に棲み老いているだろう。いかにも神秘的な様子をうたっております。

雪は紈素《がんそ》の如く　煙は柄《え》の如し

この詩は後半がおもしろい。富士山に真っ白に雪が積もっているさまはまるで白絹《しろぎぬ》のよう、煙は柄のよう。紈は白く光沢《つや》のある絹で、扇などに張るものです。

富士山（東海道名所図会）

これは風格のある整った詩です。

白扇　倒《さか》しまに懸《かか》る　東海の天

それはちょうど、白い扇をさかさまに東海の空にかけているようだ。

駿河湾から見た富士山の姿、東海の天にかかるその姿は、白扇をさかさまにかけているようだ。ということで、これは機知の詩です。この着想の奇抜さに、当時の人々はアッと言ったことでしょう。この詩について、煙は柄の如し、とはおかしい、扇に柄はないはずだ、という批評があります。しかしそれは大きな問題ではない。宝永山が爆発する以前のことですから、かなり煙をあげていたことでもありましょうし。

日本人は富士山が好きですから富士山の作品はたくさんあるのですが、そのわりにはいい詩が少ない。おそらく、あまりにも景色が単純明快すぎて、詩になりにくいというところがあるのでしょう。この作品も、石川丈山の代表作品のように言われていますが、機知のおもしろさが見どころで、傑作というほどのことはありません。

富士山の傑作はといえば、なんと言っても柴野栗山の作品でしょう。

富士山

誰将東海水
濯出玉芙蓉
蟠地三州尽
挿天八葉重
雲霞蒸大麓
日月避中峰
独立原無競
自為衆岳宗

富士山《ふじさん》　柴野《しばの》　栗山《りつざん》

誰《たれ》か東海《とうかい》の水《みず》を将《も》ちて
濯《あら》い出《い》だす　玉芙蓉《ぎょくふよう》
地《ち》に蟠《わだかま》りて　三州尽《さんしゅうつ》き
天《てん》に挿《さしはさ》んで　八葉重《はちようかさ》なる
雲霞《うんか》　大麓《たいろく》に蒸《む》し
日月《じつげつ》　中峰《ちゅうほう》を避《さ》く
独立《どくりつ》して　原《もと》　競《きそ》う無《な》し
自《おの》ずから衆岳《しゅうがく》の宗《そう》と為《な》る

（五言律詩、韻字は蓉・重・峰・宗）

柴野栗山（一七三六―一八〇七）、名は邦彦《くにひこ》、讃岐《さぬき》（香川県）の人です。十八歳の時江戸へ出て昌平黌《しょうへいこう》に学び、後、阿波《あわ》（徳島）の蜂須賀《はちすか》侯に仕えましたが、五十三歳の時、幕府に召されて昌平黌の教授になりました。朱子学を奉じ、他の学問を禁ずる、いわゆる「寛政異学の禁」の建議者となりました。尾藤二州《びとうじしゅう》、古賀《こが》精里《せいり》と並んで寛政三博士と称されます。詩は優れたものがいくつかあります。中でもこの富士山は傑作の名が高いものです。

誰か東海の水を将《も》ちて、濯《あら》い出す　玉芙蓉《ぎょくふよう》

いったい誰が、東海の水でこの玉の芙蓉（はす）のような富士山を濯い上げたのだろうか。まず最初の二句の着想が奇抜です。富士山は、芙蓉の花びらを重ねたような格好をしている、という見方が昔からあるのです。栗山より少し先輩に秋山玉山《ぎょくざん》（一七〇二―一七六三）という詩人がおりまして、その作品に次のようなものがあります。

芙蓉峰《ふようほう》を望《のぞ》む
帝《てい》　崑崙《こんろん》の雪《ゆき》を掬《すく》い
之《これ》を扶桑《ふそう》の東《ひがし》に置《お》く
突兀《とっこつ》として五千仞《ごせんじん》
芙蓉《ふよう》　碧空《へきくう》に挿《さしはさ》む

望芙蓉峰　秋山《あきやま》　玉山《ぎょくざん》
帝掬崑崙雪
置之扶桑東
突兀五千仞
芙蓉挿碧空

富士山を洒落て芙蓉峰といったものです。天帝が中国の西の崑崙山の雪を掬って、これを扶桑（日本の異名）の東へ置いたのだ。すっくと立って五千仞、さながら芙蓉の花が青空にさし出たようだ。

柴野栗山の「富士山」はこの秋山玉山の五言絶句をふまえ、さらに律詩へと発展させたもの、とみることもできるでしょう。この冒頭の二句は、玉山の句にヒントを得ていますが、帝が崑崙の雪を掬ってきた、というのと、いったい誰が東海の水で濯い出したのだろう、というのとをくらべれば、その着想が一歩進んでいることは明らかです。しかもそこには、富士山に対する畏敬と賛嘆の、素直な感動があふれています。まずうたい出しから平凡でない、一発パンチがきいた感じ。

地に蟠《わだかま》りて　三州尽き、天に挿《さしはさ》んで　八葉重なる

対句です。富士山は大地にがっしりと根をはって、三州にあまねく根をはっている。三州とは甲斐《かい》（山梨県）、駿河《するが》（静岡県）、相模《さがみ》（神奈川県）、をいいます。蟠とは龍などがとぐろを巻いているさまをいう語ですが、ここでは横に広く根を張っているさまをいいます。いかにもどっしりした姿です。そして八枚の芙蓉の花びらが高く天にさし出ている。花びらと言ったから挿《さしはさ》むと言ったのですが、これも玉山にヒントを得たと思われます。

雲霞《うんか》　大麓《たいろく》に蒸し、日月《じつげつ》　中峰を避く

これも対句。雲や霞が、大きな麓のところに立ち上る。蒸はたくさんの気体が上昇することです。このあたり、孟浩然の「洞庭に臨んで張丞相に上る《たてまつ》」の、「気は蒸す　雲夢沢《うんぼうたく》」という句を思い浮べます。蒸すということばが、非常に大きな勢いのよい感じを表しています。

日も月も、すっくと立った峰の中ほどを避けて通っているようだ。この句には王維の「終南山」の「分野中峰に変じ、陰晴　衆壑殊なる《しゅうがくこと》」（天と地の分かれ目は峰によって変化し、曇りと晴れの天候は、多くの谷ごと

に異なる）の影響があると思います。このへんは巧みに中国の詩人の優れた詩を用いながら、新しい表現を作り出すのに成功しています。対句としてもうまいものです。この二句は富士山の偉大さを言っています。

独立して原《もと》　競う無し、自ずから衆岳の宗《そう》と為る

独立とは、ほかに何も頼らないで、すっくと立つこと。漢の李延年《りえんねん》の「佳人の歌」にも、「北方に佳人有り、絶世にして独立す」といっていますが、これは美人（実は自分の妹）がすっくと立っていることです。今は英語のインディペンデンスの訳語として主に使われますので、語の感じが違ってきました。もともと何も競争するものがなく、ただ独《ひと》りすっくと立っている姿は、おのずからもろもろの山の宗《そう》になっている。宗というのは本家です。かしらといってもよい。

この詩全体に、杜甫が泰山《たいざん》（山東省にある名山）の偉大さをうたった「岳を望む」という詩が影響していると思われますので、ちょっと紹介しておきます。

岳《がく》を望《のぞ》む

岱宗《たいそう》　夫《そ》れ如何《いかん》
斉魯《せいろ》　青《あお》　未《いま》だ了《おわ》らず
造化《ぞうか》　神秀《しんしゅう》を鍾《あつ》め
陰陽《いんよう》　昏暁《こんぎょう》を割《わか》つ

望岳　　杜《と》甫《ほ》

岱宗夫如何
斉魯青未了
造化鍾神秀
陰陽割昏暁

胸《むね》を盪《うご》かして曾雲《そううん》生《しょう》じ
眥《まなじり》を決《けっ》すれば帰鳥《きちょう》入《い》る
会《かなら》ず当《まさ》に絶頂《ぜっちょう》を凌《しの》ぎて
一覧《いちらん》すべし　衆山《しゅうざん》の小《しょう》なるを

盪胸生曾雲
決眥入帰鳥
会当凌絶頂
一覧衆山小

泰山はどのような山かといえば、それは青い色が斉《せい》から魯《ろ》へまたがって果てしなく広がっているのだ。造化の神はこの山にくすしき気を集め、山の南と北では夜と朝を異にするほど。層雲が峰から湧くのを見れば、胸がとどろき、山のねぐらに帰る鳥の姿を、まなじりも裂けんばかりに眼をみひらいて見送る。ああ、いつかきっと、この山の頂上に登って、多くの山を見下してやろう。

柴野栗山のこの作品は、五言律詩という整った形式によって、富士山の大きさ、美しさを寸分のすきもなく詠じています。難点を言えば、中の対句の二連はそれぞれに優れたものではありますが、両者ともやや抽象的な景に傾き、全体として平板な味わいにおちていることが惜しまれます。ともあれ、わが国の数ある富士山の作品の中で、最も格調の高い傑作であることは疑いないでしょう。

山中問答
問余何意棲碧山
笑而不答心自閑

山中問答《さんちゅうもんどう》　李《り》 白《はく》
余《よ》に問《と》う　何《なん》の意《い》ありてか碧山《へきざん》に棲《す》むと
笑《わら》って答《こた》えず　心《こころ》自《おの》ずから閑《かん》なり

桃花流水窅然去
別有天地非人間

桃《とう》花流水《かりゅうすい》　窅然《ようぜん》として去《さ》る
別《べっ》に天地《てんち》の人間《じんかん》に非《あら》ざる有《あ》り
（七言絶句、韻字は山・閑・間）

この題名は「山中にて俗人と対す」また「山中にて俗人に答《こと》う」となっているものもあります。

余に問う　何の意ありてか碧山《へきざん》に棲《す》むと

誰かが私に、君はどういうわけで青々とした山に棲んでいるのか、と尋ねる。碧山は青山と言ってもよく、こんもりと深緑《ふかみどり》の山です。

笑って答えず　心自《おの》ずから閑《かん》なり

そういう質問には笑って答えないのだ。心はのどか。「自」というのはそんな俗人の問には、おかまいなく、こっちはこっちでのどかな気持、というニュアンスです。

而は読みませんが「笑って」の意で接続のはたらきをしています。第一章でも触れましたが（五七ページ参照）、実はこのように軽い意味の接続詞などは、七言絶句のような字数に制限のある形には、普通は用いません。味わいをそれだけ薄くするからです。しかし、ここではそれを逆手にとっているのです。つまり規格にこだわらない、型破りの飄々とした味、古めかしい味、それがこの詩のねらいの一つになります。それでこの詩を絶句とは見ず、古詩と見る説もあります。

さて、前半の、ある俗人を設定し、その人物に問わせ、それに答える（実は答えないが）という問答の趣向はやはり、陶淵明の「飲酒　其の五」（二六三ページ参照）の「君に問う　何ぞ能《よ》く爾《しか》るやと、心遠ければ地　自ずから偏なり」からヒントを得たものと思います。

桃花流水　窅然《ようぜん》として去る

桃の花びらが流れる水に浮んで、ゆくえも知れず流れ去ってゆく。窅然は奥深いさまですが、ずーっと向こうの方、川が行方も知れず流れるさまを窅然と言ったもの。桃の花びらが流れゆくということによって連想されるものは、これまた、陶淵明の「桃花源《とうかげん》の記《き》」です。

桃の花の咲く林をずーっと行くと山があって、そのふもとにほら穴があり、そのほら穴を抜けるとパッと開けて平家の落人部落のような別天地があった、という物語です。この物語から、桃花源、桃源郷ということばができました。一種の理想郷です。人間のあこがれの境地。そういうものが、この背後にあることが匂わされています。

別に天地の人間《じんかん》に非《あら》ざる有り

ここには別に、人間《じんかん》（人の世）ではない天地があるのだ。わが輩の棲む青い山の中は、俗世間とは違うぞよ、ということ。

この作品は、脱俗《だつぞく》あるいは超俗《ちょうぞく》ということをうたったものです。この作品を見て、李白が本当に山にこもった時の作品だなどと考える必要はありません。一種、こういう場を設定してみせて、脱俗の世界をうたおうとしたものです。俗世間を離れた世界といえば、思い出されるのは桃花源、そして、超俗の高士の態度としては、そういう俗人の質問には答えないというのが、いかにもふさわしいのです。「笑って答えず　心自ずから閑なり」の句が、なんといってもこの詩の中心になります。

李白自身は、若いころには孔巣父《こうそうほ》などの隠者と山東の徂徠《そらい》山に遊び、「竹渓《ちくけい》の六逸《りくいつ》」と言われましたが、結局は仙人にもなりきれず、隠者にもなりきれず、俗世間にあくせくしてしまったわけです。しかし、心の奥では、つねにこういう世界にあこがれるところがあり、おのずからこういう作品になったと思います。

4　四季のうた

四時歌
春水満四沢
夏雲多奇峰
秋月揚明輝
冬嶺秀孤松

四時《しいじ》の歌《うた》
春水《しゅんすい》　四沢《したく》に満《み》ち
夏雲《かうん》　奇峰《きほう》多《おお》し
秋月《しゅうげつ》　明輝《めいき》を揚《あ》げ
冬嶺《とうれい》　孤松《こしょう》秀《ひい》づ

（五言古詩、韻字は峰・松）

これは見てすぐわかるように、春夏秋冬の四季に最も代表的な情景を描いたものです。陶淵明の作品ということで、昔から言い伝えられていますが、陶淵明の集にはなく、おそらくそうではないでしょう。しかし、全体に素朴な感じが漂い、この時代のものと思われます。

春水　四沢に満ち

春の水が四方の沢地《さわち》に満ちみちる。まず、春らしさを何にとらえるのか、ということです。春になると、冬には凍っていた氷が解けて、いっせいに水があふれてくる。それがいかにも春の生き生きした生命のほとばしりを感じさせます。だから、まず春は水だ、とうたったのです。

夏雲　奇峰多し

夏は雲だ。夏の入道雲がすばらしい峰を形づくる。奇とは平凡でない、すばらしい、という意味です。この奇峰は山の峰ではなく、いわゆる雲の峰、入道雲です。

秋月　明輝を揚げ

秋は月だ。明輝というのは明るい輝き、満月です。秋の月は明るく輝いて中天にかかっている。揚げとは、空の高いところにかかっていることです。皓々たる秋の名月。

冬嶺　孤松秀づ

冬の嶺になんといっても目立つのは、ものみな枯れたなかに、すっくと立つ松の秀でた姿だ。孤松とは一本松です。すべてのものが葉を落しているなかで、松だけが青々としているということは、『論語』に「歳《とし》寒《さむ》くして松柏《しょうはく》の凋《しぼ》むに後《おく》るるを知《し》る」とあるように、操《みさお》正しいものの典型です。また陶淵明の「帰去来《ききょらい》の辞《じ》」という有名な文章のなかに、「孤松《こしょう》を撫《ぶ》して盤桓《ばんかん》す」という句があります。庭の一本松を撫《な》でながら、いつまでもたたずんでいるという意味です。一本松は隠者の象徴でもあります。俗世間のけがれをよそにして高く身を持している隠者、その姿が孤松です。この句があるので、この詩が陶淵明の作だとされたのかも知れません。

以上のように、この作品は春夏秋冬のそれぞれの季節に最も典型的なものをとりだして見せた、というところにもおもしろさがある詩です。

子夜呉歌　其一

秦地羅敷女
採桑緑水辺
素手青条上
紅粧白日鮮
蚕飢妾欲去
五馬莫留連

子夜呉歌《しやごか》　其《そ》の一《いち》　　李《り》白《はく》

秦地《しんち》の羅敷女《らふじょ》
桑《くわ》を採《と》る　緑水《りょくすい》の辺《ほとり》
素手《そしゅ》　青条《せいじょう》の上《うえ》
紅粧《こうしょう》　白日《はくじつ》鮮《あざ》やかなり
蚕飢《かいこう》えて　妾去《しょうさ》らんと欲《ほっ》す
五馬《ごば》　留連《りゅうれん》する莫《なか》れ

（五言古詩、韻字は辺・鮮・連）

「子夜呉歌」というのは四世紀の末ごろにはやった歌をもとにして作ったものです。そのころ江南の地方に子夜という女性がいて、そのうたった歌がたいへん情緒深く、人々の心をうったので、みながそれを「子夜歌」と言ってもてはやし、やがて人々がまねをして作るようになったといいます。呉歌といったのは、子夜歌のうたわれた江南地方が昔の呉の国に当たるからです。今の江蘇省辺りです。この李白の「子夜呉歌」は春夏秋冬の季節にそれぞれ一首ずつあって、みな六句の古詩の形式をとっています。

秦地の羅敷女《らふじょ》、桑を採る　緑水の辺《ほとり》

第一首は春の歌。羅敷というのは、漢代の楽府《がふ》のなかの「艶歌羅敷行《えんからふこう》」、またの名を「日出東南隅行《にっしゅつとうなんぐうこう》」、もう一つの名を「陌上桑《はくじょうそう》」という、読み人知らずの長い歌にでてくる女主人公の名前です。秦の羅敷という娘が緑の美しい川のほとりで桑摘みをする。羅敷は桑摘み娘なのです。

素手《そしゅ》　青条の上、紅粧　白日鮮やかなり

対句です。白い手が青い枝の上で動いて桑を摘む。素手は六三ページの「古詩十九首　其の二」にも見えました女性の白い手をいいます。条は小枝のこと。青い桑の小枝の上で手を動かしている。紅粧は彼女の美しいお化粧。その美しいお化粧をした顔に陽の光が射している。白日というのは前にも出てきましたがお日さまをいうことばです。春のうららとした陽の光の中で美しくお化粧をした美人の羅敷が桑摘みをしているのです。「陌上桑」では、どのように羅敷の美しさを描いているのか、冒頭のところを少し引用してみましょう。

「日は東南の隅に出で、我が秦氏の楼を照らす。秦氏に好《よ》き女《むすめ》あり、自ら名づけて羅敷と為す。羅敷は蚕《さん》桑《そう》を善《よ》くす。桑を城南の隅に採る。青い糸をば籠系《ろうけい》（かごのひも）と為し、桂の枝をば籠鉤《ろうこう》（かごの取っ手）と為す。頭上には倭堕《あだ》なる髻《まげ》、耳中には明月の珠《たま》。緗綺《しょうき》（かとりぎぬ）を下裙《かくん》（スカート）と為し、紫綺《しき》を上襦《じょうじゅ》（うわぎ）と為す。…」

　　蚕飢えて　妾《しょう》去らんと欲す、五馬　留連する莫《なか》れ

蚕はこの時期には貪欲に桑の葉を食べます。妾は、女性が自分をへりくだった言い方、わたくし。蚕が飢えるから私は早く帰らなければ。五馬は五頭立ての馬車。これも「陌上桑」にあります。羅敷が桑摘みをしていると、その美しさに畑のおじさんも、道を行く若者もみとれる。そこへ五頭立ての馬車で、この地方の太守様がやって来る。その太守が羅敷を見て、「わしと一緒に馬車に乗っていかないか」とちょっかいをかける。すると羅敷は、「太守さまには奥様がおありでしょう。わたしにはすてきな夫がいるのですよ」と肘鉄砲をくらわせます。それがこの詩のみどころで、桑摘み娘の心意気が威勢よくうたわれたおもしろい歌です。

五頭立ての馬車で太守様がおいでになったけれども、どうぞぐずぐずしないでください。留連というのはそこに居続けること。蚕がお腹をすかしているのでわたしはもう家に帰るのよ、という趣向です。巧みに「陌上桑」をふまえた詩です。

子夜呉歌　其二

鏡湖三百里
菡萏発荷花
五月西施採
人看隘若耶
回舟不待月
帰去越王家

子夜呉歌《しゃごか》　其《そ》の二《に》　李《り》白《はく》

鏡湖《きょうこ》　三百里《さんびゃくり》
菡萏《かんたん》　荷花《かか》を発《ひら》く
五月《ごがつ》　西施《せいし》　採《と》る
人《ひと》は看《み》て　若耶《じゃくや》を隘《せま》しとす
舟《ふね》を回《めぐ》らして　月《つき》を待《ま》たず
帰《かえ》り去《さ》る　越王《えつおう》の家《いえ》

（五言古詩、韻字は花・耶・家）

第二首は夏の歌。

鏡湖三百里、菡萏《かんたん》　荷花《かか》を発《ひら》く

鏡湖というのは、後に賀知章という詩人の話の時にでてきますが、賀知章の郷里、浙江省の紹興《しょうこう》の近くにある湖です。賀知章が秘書監を最後に辞職して帰郷する時、この湖を玄宗皇帝からご褒美にいただいた、それで賀監湖というようになったといいます。鏡のように円い湖だったのでしょうが、惜しいことに温庭筠《おんていいん》の句「枯湖《ここ》に菰蒲《こほ》無《な》し」（六二ページ）にもあるように、まもなく涸れてしまいました。（今はまた鑑湖という湖が、このあたりにあります。）

さて、三百里四方もある美しい鏡湖いっぱいに、蓮《はす》の花が開いた。菡萏は蓮の花のつぼみで、荷花は蓮の花です。湖に蓮の花のつぼみが浮んでいて、それがパッと開く。

五月　西施　採る、人は看て　若耶《じゃくや》を隘《せま》しとす

陰暦の五月は夏の盛りになりますが、夏の盛りのころにその鏡湖の蓮の実をあの西施が採るのだ。西施は春秋時代の越の国の美人、この地方の出身です。西施はもともと若耶渓《じゃくやけい》で蓮摘みをしているのを見出されたのです。あでやかな西施が湖へ出て蓮を採ると、人々はみな西施を見ようと出てくる。そのために、さしもの若耶渓もせまくなってしまう。

舟を回《めぐ》らして　月を待たず、帰り去る　越王の家

ところが月の出も待たないで船を返してゆく。帰って行く先は越王の家。昔なら、月が上るころ、村の若い衆と舟の中で逢引をしたものだが、今は越王の思い者。ときどきはこうして若耶へやって来て、村の若い男の熱い視線を浴びながら、なまめかしさをふりまいて、サッと越王の宮殿へ帰ってゆく。わたしはもう身分が違うのよ、とばかりに。

明るく、あでやかな気分のよく出た詩です。ことにおもしろいのは、若耶渓いっぱいに押すな押すなと西施を見に人が集るところです。この描写があるから、サッと身をひるがえして帰るという趣向が生きるのです。越王の宮殿では王様が西施と月見をしようとお待ちかね。早く帰らなければ王様に叱られてしまうのよ。

これ見よがしの西施の媚態。おもしろい詩です。

子夜呉歌　其三

長安一片月
万戸擣衣声
秋風吹不尽
総是玉関情
何日平胡虜
良人罷遠征

子夜呉歌《しやごか》　其《そ》の三《さん》　李《り》白《はく》

長安《ちょうあん》　一片《いっぺん》の月《つき》
万戸《ばんこ》　衣《ころも》を擣《う》つの声《こえ》
秋風《しゅうふう》　吹《ふ》いて尽《つ》きず
総《す》べて是《こ》れ　玉関《ぎょくかん》の情《じょう》
何《いず》れの日《ひ》にか　胡虜《こりょ》を平《たい》らげて
良人《りょうじん》　遠征《えんせい》を罷《や》めん

（五言古詩、韻字は声・情・征）

第三首は秋の詩。これが最も有名な作品です。

長安　一片の月、万戸　衣《ころも》を擣《う》つの声

舞台は北の都、長安になります。そこには月が一つ冴えざえと出ている。一片というのは一つということです。ここでは皓々たる月の光があまねく長安の都に注いでいる、そういうような感じを一片ということばで表しているのです。王之渙《おうしかん》の「涼州詞」（『新漢詩の世界』一五七ページ参照）の「一片の孤城　万仞の山」

の用法とは違います。六朝時代の庾信《ゆしん》の詩に「山根《さんこん》　一片の雨」という句がありますが、これは、山のふもとに満遍なく降る雨、という意味です。この用法です。「一片の月」を片《かた》われ月ととる人がいますが、そうではありません。満月です。第一句、まず月がうたわれます。

子夜呉歌（唐詩選画本）

第二句目をみると、長安の街のあっちでもこっちでも衣を擣《う》つ砧《きぬた》の音が聞えてくる。絹につやを出すために石の台に絹を置き木づちでたたきます。ちょうど秋の終り、衣替えのシーズンで冬の着物の支度をしなければならない。そこで砧を打つのです。カーンカーンと非常にカン高い音がして秋の澄んだ空に響き渡る。もの悲しい音です。第二句は砧です。

秋風　吹いて尽きず

秋風があとからあとから吹きやまない。第三句は秋風です。これで三つ、月と砧と秋風とが出てきました。

総《す》べて是《こ》れ　玉関《ぎょくかん》の情

これらの三つのものはすべて玉門関に出征している夫を思う心をかきたてる。玉関は玉門関。玉門関は、中国の西の国境にある関所です。王之渙の「涼州詞」にもでてきました。砂漠のはずれ、ここから先はもう地の果て、というような意味合いで人々の頭の中に描かれます。この女性の夫はそこに出征している、という趣向になっています。月と砧と秋風と、その一つでさえたまらないのに、三つもそろっているのだから夫を思う気持はいよいよ募ってくるのだ。

何《いず》れの日にか胡虜《こりょ》を平らげて、良人　遠征を罷《や》めん

いつの日に夷《えびす》どもをやっつけて、夫は遠征をやめて帰って来ることか。早く帰って来てほしい、という思いをこめています。胡虜というのは、中国人が異民族を言う時の悪口で、夷の奴ばらというような意味です。良人は夫のこと。

この作品も、南方の舞台を巧みに北方へ移して、留守を守る女性の悲しみをうたいます。なお、後世、最後の二句は蛇足であるとして四句で絶句に仕立てる人もいますが、それでは作者の意図を無視したことになります。最後の二句によって纏綿《てんめん》とした情緒がでてくる、そこに絶句と違う味がある、という詩です。

子夜呉歌　其四

明　朝　駅　使　発
一　夜　絮　征　袍
素　手　抽　針　冷

子夜呉歌《しやごか》　其《そ》の四《し》　李《り》　白《はく》

明朝《みょうちょう》　駅使《えきし》発《はっ》す
一夜《いちや》　征袍《せいほう》に絮《じょ》す
素手《そしゅ》　針《はり》を抽《ぬ》くこと冷《ひや》やかに

那堪把剪刀
裁縫寄遠道
幾日到臨洮

那《なん》ぞ剪刀《せんとう》を把《と》るに堪《た》えん
裁縫《さいほう》して遠道《えんどう》に寄《よ》す
幾日《いくにち》か臨洮《りんとう》に到《いた》らん
（五言古詩、韻字は袍・刀・洮）

第四首は冬の詩。

明朝　駅使《えきし》発す、一夜　征袍《せいほう》に絮《じょ》す

明日の朝、飛脚が出発する。駅は宿場。宿場から宿場へと使いをする人は、飛脚です。その飛脚に持っていってもらうものは、征袍です。征は行くという意味で、ここでは戦争を意味し、袍は上着です。だから征袍は軍服のことになります。この詩も、夫は遠く戦争に出ている、妻は留守をまもる、という趣向。絮とは綿入れすることです。あしたいよいよ飛脚が出発する。そこで、この夜一晩かかって軍服に綿入れをする。戦地はきっと寒いことでしょう。軍服にはたくさん綿を入れなくては。いじらしい若妻の姿が彷彿としてきます。

素手　針を抽《ぬ》くこと冷やかに

また素手がでてきました。白い手、この語には幾分のなまめかしさが漂います。「古詩十九首　其の十」

の、織女星の伝説をうたった詩の中にも「纎纎として素手を擢《あ》げ、札札《さつさつ》として機杼《きちょ》を弄《ろう》す、終日章《あや》を成さず、泣涕零《きゅうていお》つること雨の如し」とあります。織り姫が、白い手をあげてはたを織るけれど、恋の思いで泣いてばかり。一日中やってもあや模様もできない、というやるせない女心をうたうものです。その白い手で冷たい針をあやつる。針を抽く、とは針を動かして縫うことです。女性はふだん手を見せることはない。夢中になって縫い物をするうち、チラと二の腕が見える、そこになまめかしさが漂うのです。

那《なん》ぞ剪刀《せんとう》を把《と》るに堪《た》えん

どうして鋏《はさみ》を握ることなどできようか。針を動かしてさえも冷たい感じなのに、鋏を握ることなど堪えられそうもない。しかし、そのつらい思いをしながら鋏をとり針を引いて軍服に綿入れをしているというところに、いじらしい姿がいっそうくっきり表れます。

裁縫して　遠道に寄す

裁縫は今の意味と同じ。裁《た》ったり縫《ぬ》ったりして、遠い道へと持っていってもらう。寄は寄託の意です。

幾日《いくにち》か　臨洮《りんとう》に到らん

臨洮は前に汪遵の詩に出ました。万里の長城の終点です。この詩では夫は臨洮の守りについているという趣向です。明日の朝この綿入れの軍服を飛脚に持っていってもらえば、臨洮にとどくのに幾日かかるのだろうか。この詩もしみじみとしたよい詩で、秋の歌に劣りません。

このように四首、連作になっており、春夏秋冬の季節と女性のいろいろなさまをうたっています。春と夏は、季節の明るい感じから、女性のなまめかしさ、美しさを、秋と冬は暗い感じから、女性のいじらしさ、あわれさを、巧みな舞台装置を設けてうたいあげているのです。

III　詩人と発想

1　閨怨のうた

女性が悲しむ姿をうたった歌は古くからあります。漢代の「古詩十九首」の中にも帰らぬ夫を待つ女性の悲しみとか、七夕の伝説を題材にした織女星の恋の悲しみをうたったものがあります。あるいはまた、天子の寵愛が薄れた班婕妤《はんしょうよ》の歎きの歌もあります。子夜歌《しやか》のような庶民の恋愛の歌の中にも、女性が失恋したり、捨てられたりして悲しんでいる姿というものもあります。これらの歌は、悲しんでいる女性の姿の中に、ある美意識をそそられたからこそ作ったのでしょうが、その美意識がより明確な形をとって、六朝時代の半ば過ぎから盛んにうたわれるようになります。悲しむ女性の歌、これを「閨怨《けいえん》」詩といいます。閨は女性の部屋。女性が部屋の中で怨《うら》み悲しんでいる詩、という意味です。閨怨詩は中国の詩の中で大きな位置を占めるようになります。その中で、宮中の御殿にいる女性をうたうものを「宮怨」といいます。悲しむ女性の典型的な作品で古いものを見ていきますと、謝朓の「玉階怨」あたりになります。

玉階怨

夕殿下珠簾
流蛍飛復息
長夜縫羅衣
思君此何極

玉階怨《ぎょくかいえん》　謝《しゃ》　脁《ちょう》

夕殿《せきでん》　珠簾《しゅれん》を下《お》ろす
流蛍《りゅうけい》　飛《と》んで復《ま》た息《いこ》う
長夜《ちょうや》　羅衣《らい》を縫《ぬ》う
君《きみ》を思《おも》うて　此《ここ》に何《なん》ぞ極《きわ》まらん

（五言古詩、韻字は息・極）

謝脁は五世紀後半の詩人です。謝霊運と同族で八十年の後輩になります。謝霊運の影響を受けて美しい詩を残していますが、センスはむしろ霊運以上といえましょう。後世、六朝の詩を評価しない李白が、謝脁にだけはシャッポをぬいだという話は有名です。

玉階はたまのきざはし、美しい階段で、宮殿を意味します。宮殿の中で悲しんでいる女性といえば宮女です。これは宮女の怨み悲しむ歌です。

夕殿《せきでん》　珠簾《しゅれん》を下ろす

夕暮の御殿で美しい玉すだれを下ろしている。珠簾も美しい語です。第一句、もう美しさの中にひっそりとした雰囲気が漂ってきます。すだれを下ろした部屋の中には宮女の悩む姿がある。

流蛍《りゅうけい》　飛んで復《ま》た息《いこ》う

流れ蛍が飛んではまたなにかにとまる。流れ蛍というのは夏の盛りの蛍ではなく、秋ぐちになって一匹二匹生き残ったような蛍をいいます。飛んで復た息う、というのがいかにも部屋の中にひょろひょろと迷いこんで来た感じ。この流蛍は愛の薄れた女性の悲しみの象徴でもあるのです。

長夜　羅衣《らい》を縫う

彼女は夜通し薄絹の着物を縫っている。長夜は秋の夜長をいいます。何もすることがないので秋の夜長に薄絹の着物を縫っている。これは李白の「子夜呉歌」にあるような、軍服に綿入れをして裁縫するのとは違います。羅衣というから彼女自身の着物でしょう。しょうことなしに、着物を縫っているのです。

君を思うて　此《ここ》に何ぞ極まらん

そして君のことを思うその思いは、極まることはない。何ぞ極まらんは反語です。切ない胸の思いはどうすることもできない。だから、着物を縫う手のはこびも途絶えがちです。ここのところは、「古詩十九首」の、織姫が機《はた》織りをするのだが、牽牛恋しやで泣いてばかり、ちっとも布の模様ができない、というのをふまえています。彼女のため息が聞こえてくるようです。この恋人は誰か、ということを穿鑿《せんさく》すれば、彼女は宮女ですから、天子になるでしょうが、しかしそういうところはぼかしてあります。

この詩のねらいは、宮殿の中でひっそりとため息をついている女性の姿を描くことにあります。たった二十字で、上品な、しっとりとした味わいがみごとに表現されました。なおこの作品は、唐の五言絶句のさきがけをなすものといわれます。

次に謝朓を敬慕した李白の作を見ましょう。

玉階怨

玉階生白露
夜久侵羅襪
却下水晶簾
玲瓏望秋月

玉階怨《ぎょくかいえん》　　李《り》　白《はく》

玉階《ぎょくかい》に白露《はくろ》生《しょう》じ
夜久《よるひさ》しくして羅襪《らべつ》を侵《おか》す
水晶《すいしょう》の簾《すだれ》を却下《きゃくか》して
玲瓏《れいろう》　秋月《しゅうげつ》を望《のぞ》む

（五言絶句、韻字は襪・月）

同じ「玉階怨」ですが、謝朓のが、秋の夜長に羅衣を縫いながら思いに沈む女心を描いているのに対し、李白のには、どんな工夫が凝らされているでしょうか。

玉階に白露生じ、夜久しくして羅襪《らべつ》を侵す

玉のきざはしにしっとりと白い露が下り、夜ふけて絹の靴下をぬらす。襪は靴下です。ただし宮女がはくものですから、羅《うすぎぬ》でできている。この語には謝朓の「羅衣」との関連の意識があります。さて、夜ふけて絹の靴下に露がしみ通る、というのは、彼女が外の階段のところにずっとたたずんでいるからです。夕暮から物思いに沈んでたたずんでいると、いつのまにか夜がふけて白露がおり、絹の靴下もしめってしまう。そこに、どうすることもできない悲しみに沈む彼女の憐れさが、そくそくと伝わってきます。白露、夜久はいずれも秋を表すものです。

水晶の簾を却下して、玲瓏《れいろう》　秋月を望む

彼女は夜のふけたのに気づいて、やがて部屋へ入り、水晶の簾を下ろします。水晶の簾とは、簾に水晶の飾りがついているものでしょうが、この語によって透きとおった感じが漂います。しかも秋の気候の清涼感も添えられる。玲瓏も本来は玉の透きとおったさまの形容語で、ここではさし上る秋の満月の美しさを形容しています。レイロウ、とラ行の音が重なっているのは、第一章で述べた双声です。音声の美しさも効果をあげていることに注意してください。

夜ふけて中天にかかる明月、それを簾《みす》ごしに見ている宮女、彼女の頬は涙に濡れていることでしょう。李白の「春怨《しゅんえん》」という七言絶句に、「落月《らくげつ》　軒《のき》に低《た》れて燭《しょく》の尽《つ》くるを窺《うかが》い、飛花《ひか》　戸《と》に入《い》って牀《しょう》の空《むな》しきを笑《わら》う」という句がありますが、独り寝の女性をあざ笑うかのように、花びらが戸口より入り、月が軒から顔をのぞかせるという意味です。ここでも、皓々たる月の光は、彼女にとってはいじわるな存在になるわけです。

謝朓と同じく初秋の宮殿を背景としていますが、ここでは、白露、水晶の簾、玲瓏の月などの語による透きとおるような美しさが冷え冷えとした情趣を表す作品になっています。

怨情

美人捲珠簾
深坐顰蛾眉
但見涙痕湿
不知心恨誰

怨《えん》情《じょう》　李《り》白《はく》

美《び》人《じん》珠簾《しゅれん》を捲《ま》き
深《ふか》く坐《ざ》して蛾《が》眉《び》を顰《ひそ》む
但《た》だ見《み》る　涙痕《るいこん》の湿《うるお》うを
知《し》らず　心《こころ》に誰《たれ》をか恨《うら》むを
（五言絶句、韻字は眉・誰）

次に玉階怨の変化の一つとして、怨情を見ます。

美人珠簾《しゅれん》を捲《ま》き、深く坐《ざ》して蛾眉《がび》を顰《ひそ》む

今度は珠《たま》の簾を捲き上げています。美人はやはり宮女です。蛾眉は蛾の触角のようにすんなりとした美しい眉。顰むとは、愁いのために眉根が寄ることです。この語には、いにしえの美人西施《せいし》の連想があります。西施は持病の癪《しゃく》のため、しょっちゅう眉をしかめていましたが、それがまたなんとも言えず美しかったといいます。それを不美人が真似をしたところ、ますます醜くなったというので「西施の顰《ひそ》みに倣《なら》う」という語ができました。ここではこの女性は癪のために眉をひそめているのではありませんが、連想によって西施の

怨情（唐詩選画本）

ような美しい人のイメージがでてきます。この美人が深く坐している、とはどういうことか。まず、次の句を見ましょう。

但《た》だ見る　涙痕《るいこん》の湿《うるお》うを

彼女は泣いているのです。その涙のあとが濡れているのが見える、というのは、月が出ているからにほかなりません。物思う秋の夕暮、何するともなしに珠簾を捲き上げて外を見ていると、やがて月が上ってきた。ここでも皓々たる秋の満月を考えてください。いじ悪な月の光、彼女はその光をまともに浴びるにたえられない。それで部屋の奥に深く坐っているのです。それでも上りたての月の光は、低く軒の下から彼女の涙で濡れた顔を照らしている。

知らず　心に誰をか恨むを

いったい、心の中では誰を恨んでいるのだろうか。恨という語は、うらめしい、というより、心の中に深く起る思いをいうのです。だから、誰のことを思っているのだろう、と解してもよろしい。さて、誰だろうか。もう言わずと知れた人、彼女が宮女であるなら、その思いの対象は天子にきまっています。知らず、と言って実はわかっているのです。かつては寵愛を得ていた宮女の、今は愛を失った姿を描いた詩、ということになります。

この詩の情景を、今一歩進めて、次のように解するとおもしろいでしょう。

秋の月の夜には、宮中で必ず月見の宴が開かれます。夕暮の宮殿では、宴会の始まる様子。天子を中心に、今寵愛を得ている宮女たちが、賑やかにさんざめいている。その嬌声がいやでもこちらの、今は愛も薄れてお呼びのかからない彼女の部屋のほうへ流れてくる。聞くまいとしても聞こえるその宴の様子を伝える音に無関心でいられず、彼女は珠簾を上げるが、そこから遠ざかりたい心もはたらいて部屋の奥へ深く坐っている。そこへ、やがて月が上り、いじ悪にも彼女の顔を照らす、見ると両の頬が涙で濡れている、と。

いずれにせよ、屈折した女心がみごとにとらえられている作で、深の字がことに印象的にはたらいています。

春詞

新妝宜面下朱楼
深鎖春光一院愁
行到中庭数花朶
蜻蜓飛上玉搔頭

春詞《しゅんし》　劉《りゅう》禹錫《うしゃく》

新妝《しんしょう》　面《めん》に宜《よろ》しく　朱楼《しゅろう》を下《くだ》る
深《ふか》く春光《しゅんこう》を鎖《とざ》して　一院愁《いちいんうれ》う
行《ゆ》きて中庭《ちゅうてい》に到《いた》りて　花朶《かだ》を数《かぞ》う
蜻蜓《せいてい》　飛《と》び上《のぼ》る　玉搔頭《ぎょくそうとう》

（七言絶句、韻字は楼・愁・頭）

劉禹錫（七七二―八四二）は中唐の詩人。字を夢得《ぼうとく》といい、彭城《ほうじょう》（江蘇省徐州）の人です。気骨のある人で、若いころは権力者を諷刺してにらまれ、左遷されたりしました。晩年は洛陽にあって白居易と親交を結び、詩を唱和しています。洒脱な詩風です。

この詩はやはり宮怨です。

新妝《しんしょう》　面に宜しく　朱楼を下る

お化粧したてを新妝といいます。面に宜しいとは、お化粧が顔に非常にしっくりとうつっている、ということ。お化粧上手なのです。朱楼は赤く美しく塗った高殿、ここでは宮殿の中の建物で、彼女は宮女です。さて、お化粧がよく顔にうつって輝くばかりの美しさで、二階から下りてきます。なにしに下りてきたのか。

深く春光を鎖《とざ》して　一院愁う

ここは深々と春の光を鎖して屋敷に愁いが満ちている。外は春なのです。さんさんとした春の光、その春の光が、この奥御殿の中ではひっそりと鎖されている。この鎖すという字が非常に印象的です。ここは鎖された世界。春の光といい、お化粧したての姿といい、美しい高殿といい、こういったものとはうらはらに、なにか寂しさがたちこめているのです。

行きて中庭に到りて　花朶《かだ》を数う

彼女は二階から降りてきて、中庭の方に歩いてゆく。そして花の枝を数えている。朶は小枝のこと。ですからこの花は草花ではなく、桃とか梅とか、木に咲く花です。彼女は中庭にプラリプラリと歩いてきて、軽く上を向いて花の枝を数えている。なぜそんなことをしているのか。ほかにすることがないからです。せっかく念入りなお化粧をして二階から降りてきたのになにもすることがない、誰も見てくれる人がいない。逆に言うと、してもしょうがないのにお化粧せずにはいられない春の気分、それが悲しいのです。しょうことなしにうらうらとした中庭に出て、花の枝をひとーつ、ふたーつと数えている。これは花占いをしているんです。もうやるせない気分でいっぱいです。

蜻蜓《せいてい》　飛び上る　玉搔頭《ぎょくそうとう》

この句が奇抜な着想、この詩のみどころです。蜻蜓はとんぼ、玉搔頭は玉のかんざし。そこへとんぼがひらりと飛んで、彼女の玉のかんざしの上にとまった。なぜとんぼがとまったかというと、彼女は動かないからです。じいっとしているのでとんぼが石の地蔵さんかなにかとまちがえてとまったんです。ここがまことにやるせない。彼女は念入りにお化粧はしてみたけれど、誰も見る人がない、またなにもすることがないので、中庭でじいっと立って花を数えている。だからとんぼがまちがえてとまったんです。とんぼがほかの虫だったらこれほどの味わいは出ないでしょう。動かない物の先にとまるとんぼの性質をうまく利用しているばかりでなく、透きとおる翅《はね》を持ったとんぼ自身の美しさ、セイテイと畳韻になっている音の響きの美しさも効果をあげていることに気づきます。うまいものです。愁うという字、鎖すという字が非常に効いている。

春の明るさとうらはらな愁いに鎖された世界、彼女の美しさとうらはらな悲しみが、わずか二十八字で余すところなく描かれ、そして余韻が漂っている。読者は、彼女の頬にはいつしか涙が垂れていることを想像します。美しく泣き濡れている。先ほどの李白の歌では、泣いていることをそのまま表現しておりましたが、ここでは直接表現するよりも間接的に表現するところに味わいを見出して、より細かく、より凝った表現を追求しようとする詩人の姿勢を感じます。

宮　詞

涙尽羅巾夢不成
夜深前殿按歌声
紅顔未老恩先断
斜倚熏籠坐到明

宮《きゅう》詞《し》　白《はく》居易《きょい》

涙《なみだ》は羅巾《らきん》に尽《つ》きて　夢《ゆめ》成《な》らず
夜深《よるふか》くして　前殿《ぜんでん》　按歌《あんか》の声《こえ》
紅顔《こうがん》　未《いま》だ老《お》いざるに　恩《おん》先《ま》ず断《た》つ
斜《なな》めに熏籠《くんろう》に倚《よ》りて　坐《ざ》して明《めい》に到《いた》る

（七言絶句、韻字は成・声・明）

題名が「後宮詞」となっているテキストもあります。「後宮」は、宮女たちのいる奥御殿です。

涙は羅巾《らきん》に尽きて　夢成らず

羅巾、薄絹のきれいなハンカチ、それが涙でぐしょぐしょになっている。別のテキストでは「涙は羅巾を湿《うるお》して」となっていますが、「尽」のほうがより強い表現です。泣いて涙が尽きてしまうほどの意。夢ならずというのは寝られないことです。寝ようと思っても夢が結べない、せめて夢にでも楽しい夢を見たいと思う、というようなニュアンスもあります。

夜深くして　前殿　按歌の声

なぜ彼女が寝られないかといいますと、彼女の悲しみに追いうちをかけるように、夜中までも前の御殿の方では拍子を取ったり歌をうたったりする声が聞こえてくるのです。按歌の按は拍子を取ること。今夜も前の宮殿では宴会が開かれて、宮女たちの嬌声が風に乗って聞えてくる。天子の寵愛を今しも受けて、得意そうなその女性たちの歌声。ただでさえ寵愛を失って悲しみに沈んでいる彼女の耳にはまことにむごいさんざめきの声です。

紅顔　未だ老いざるに　恩先ず断つ

ここのところが悲しい。彼女は美しい紅い顔をして、まだ十分に若い。彼女が老いるよりも先に、もう天子の恩寵は去ってしまったのだ。

斜めに熏籠《くんろう》に倚《よ》りて坐《ざ》して明に到る

彼女は匂い籠の所に寄りかかって、坐ったまま、明け方までまんじりともしないでいる。明は明け方。熏籠は、わが国の王朝時代にも女性達が使った「匂い籠」です。竹籠を編んで丸くしたものの中に香炉を置いて香をたき、籠の上に着物を掛けて、香をたきしめるのです。宮殿の女性にふさわしい小道具です。

閨怨詩は限定された場で歌うものですから、いろいろな小道具を用いて工夫を凝らします。先ほどの場合は、とんぼでしたが、今度は熏籠です。竹で編んでありますから、これに斜めに寄りかかっているというところが、いかにも気分がでています。重みをかければつぶれてしまいますから。なにげないこの表現によって、彼女が楚々として、細くて、美しいということがわかります。それがそっと斜めに寄りかかっているというところに、その女性の悲しみの中の美しさが、別な角度からとらえられているといっていいでしょう。そのへんが工夫なのです。ただしこの作品が、多少むき出しのような感じもするのは、「紅顔　未だ老いざるに　恩先ず断つ」の句です。表現がすこしきつすぎて余韻に乏しい気がします。そこまで言わなくても、というような感じです。しかし、そこに、若さが無残につみとられたむごさというものを強調しようとしたのかもしれません。ここでも、若くして美しいほど、悲しみも深い、という手法が用いられています。

閨怨

閨中少婦不知愁
春日凝妝上翠楼
忽見陌頭楊柳色
悔教夫婿覓封侯

閨《けい》怨《えん》　王《おう》昌齢《しょうれい》

閨中《けいちゅう》の少婦《しょうふ》　愁《うれ》いを知《し》らず
春日《しゅんじつ》　妝《よそお》いを凝《こ》らして　翠楼《すいろう》に上《のぼ》る
忽《たちま》ち見《み》る　陌頭《はくとう》　楊柳《ようりゅう》の色《いろ》
悔《く》ゆらくは　夫婿《ふせい》をして　封侯《ほうこう》を覓《もと》め教《し》めしを

（七言絶句、韻字は愁・楼・侯）

今までのはみな宮殿の中の女性で、彼女たちの対象は天子でしたが、こんどは民間の女性の歌を見てみましょう。

閨怨（唐詩選画本）

閨中の少婦　愁いを知らず

部屋の中の若い妻、なにも愁いを知らない。これが実は逆手にとった言い方です。愁いに沈む女性を描くのが閨怨詩の狙いどころであるのに、冒頭まず、愁いを知らず、という。おやっと思わせます。

春日　妝《よそお》いを凝らして　翠《すい》楼に上る

その愁いを知らない若妻が、春のうららとした日に、お化粧を念入りにして、美しい高殿《たかどの》に上ってゆく。翠楼は朱楼と同じように美しい二階をいいます。こういう家に住む彼女は庶民ではありませんけれども、かなりの金持階級と想像されます。一説に、この翠楼は青楼、つまり花柳街《いろまち》を意味し、彼女は妓女である、としますが、今はそうとらないでおきます。暇も金もあるそういう階層の女性。春のうらうらとした日に念入りにお化粧して、二階へと上ってゆく。なぜ二階へ上るのかというと、その窓から外を見て、下を通る若者たちの関心を惹《ひ》こうというのです。都大路の若者がその美しい姿を見て、今風にいいますとピイーと口笛を鳴らす。彼女のほうもそれを期待して、チラチラと窓から顔を出すというような、なまめいた場面。そこには賑やかな都の春の気分が漂います。第一句と第二句には閨怨の影もない。若妻はなんの愁いも知らないで、フワフワ、うきうきと春の日にお化粧を凝らして二階に上っているということ。ところが後半の部分が、これを逆転させるのです。

忽ち見る　陌頭《はくとう》　楊柳の色

忽ち見る、とはフト目に入った、ということ。うきうきした気分で二階から外を見る、と、ふと目に入ったのは大通のほとりの柳の色。今ちょうど春の浅い時分、柳がうっすらと芽吹いている。その大通の柳の色を見ているうちに、そうそう去年の今ごろ、柳の枝を手折って夫を戦地に送り出したのだった、と思い出します。

悔ゆらくは　夫婿《ふせい》をして封侯を覓《もと》め教《し》めしを

悔ゆらくはとは、以下のことを後悔するという意味です。夫婿は夫。封侯は大名になること。ああ、悔やまれてならない、夫に大名を求めさせたことが。夫は戦争で手柄をたてて大名になる、と言って出征していった。しかし今になってみると、大名なんかにならなくてもよい、そばにいてほしい、ということがしみじみと思われる、というのです。ここで柳というものが大きな意味をなしていることがもうおわかりでしょう。毎度いうように柳は別れの象徴です。柳の芽の吹くころにその枝を折って、遠くに行く人に手向けにするならわし。だからここで柳を見て別れを思い出し、そして夫を思い出したのです。そこに漂う甘い感傷、心のうずき。ここのところがおもしろいのですが、柳を見るまで彼女は夫を思い出さなかったことになります。第一句に、愁いを知らず、と言っている。つまり彼女はまだその別離の悲しみのわかる年じゃない。一体、この若妻は年はいくつぐらいと思いますか。十五、六、それよりもまだ若いかもしれません。昔は金持の美しい娘は、もう十三、四でお嫁にゆきます。しかし十三、四じゃまだ結婚生活の楽しさ、別れのつらさなどというものが本当にわかる年ではない。だから今日も今日とて、春になるともううきうきして、お化粧を凝らして、そして町の若者に声をかけてもらおうと思って二階に上がっているわけです。それが、柳を見て、あ、夫がいなかったんだな、と気づく、その痴態美のようなものがこの詩のねらいです。非常に凝った歌です。普通は閨怨といいますと、泣き濡れている女性を描くというのが、まず常識的な行き方、それをひとひねりもふたひねりもして、悲しんでいない女性、ケロッとしている女性を描く。そしてその女性の背後にある悲しみ、といいますのは、この若妻はこの若さでもう後家になるかもしれないのです。戦争というのは苛酷なものです。彼女たちはまだ気がついていない。彼女の夫である若者もおそらく気がついていないでしょう。肩でもひとつたたいて、さあ、手柄をたてていらっしゃい、いいとも、大名になって帰ってくるぜ、ぐらいのことを言い合いながら、彼女は景気よく夫を送り出した。ところが戦争はそんな生やさしいものではないから、夫は生きて帰って来ないかもしれない。そうしますと、彼女は十五ぐらいの若い身空で後家になる、そういう運命をしょっていることに、彼女自身は気がついていない。そこにいたましさがあるのです。何も知らずに春の日に浮れる若い妻、読者は彼女の運命に気づいていますから、そのいたましさには堪えがたいほどです。

痴態美的ななまめかしさと、その背後にあるいたましさ、うまいものですね。最高の技巧を凝らしながら少しもいや味がなく、閨怨詩の最傑作の名に恥じません。

秋夕

銀燭秋光冷画屏
軽羅小扇撲流蛍
天階夜色涼如水
臥看牽牛織女星

秋《しゅう》夕《せき》　杜《と》牧《ぼく》

銀燭《ぎんしょく》　秋光《しゅうこう》　画屏《がへい》に冷《ひや》やかなり
軽羅《けいら》の小扇《しょうせん》　流蛍《りゅうけい》を撲《う》つ
天階《てんかい》の夜色《やしょく》　涼《りょう》　水《みず》の如《ごと》し
臥《ふ》して看《み》る　牽牛《けんぎゅう》　織女星《しょくじょせい》

（七言絶句、韻字は屏・蛍・星）

秋夕とは七夕《たなばた》のこと、陰暦では七、八、九月が秋です。陰暦の七月七日は今の暦なら八月半ばごろになります。秋になって空気が澄んでくるから星がよく見えるのです。今の暦の七月七日に七夕のお祭をするのはほんとは季節はずれです。

銀燭　秋光　画屏《がへい》に冷やかなり

まず銀の燭台、画をかいた屏風ということによって、宮女の部屋の雰囲気が伝えられます。そして銀の冷たい感触。その銀の燭台に灯火がつけられており、時は秋ですからその灯火の光もおのずから秋の光、秋の光が絵をかいた屏風に冷たく当たっている。銀燭といい秋光といい、冷やかといい、これらすべて、この詩全体のムードをそそっております。冷たいムード。

軽羅《けいら》の小扇《しょうせん》　流蛍《りゅうけい》を撲《う》つ

軽い薄絹を張った小さな扇。この扇はうちわです。ただしおそばやさんがお中元にくれるようなものを考えてはいけません。丸い上品なうちわです。蛍は燈火を目指して飛んでくる、そのまま火に焼かれてはかわいそう、その丸い扇で流れ蛍をそっと打つ。打つといっても、ハエたたきでハエを打つようにバシッと打つのではなく、そっと打つのです。ですから、軽羅の小扇とわざわざいっています。むろん、この軽羅の小扇を持つ人は、美しいなよなよとした女性で、持つ手は白くほっそりしているにきまっています。流蛍は謝朓の「玉階怨」にでてきたように、一匹二匹迷いこんだ、死におくれの蛍です。このへんではっきりとしたイメージが読者の眼前に浮んできます。

なお、丸い扇には、実は先立つ典故があります。漢の班婕妤《はんしょうよ》という人は才色兼備の宮女だったのですが、天子の寵愛が薄れてきますと、自分で身を引いたといいます。その時に自分を夏の扇になぞらえて、うちわ

(団扇)の歌をうたったのです。「怨歌行《えんかこう》」といいます。うちわは夏の間こそかわいがられているが、ひとたび秋の涼しさがくると、もううち捨てられてかえりみられない。ちょうどそのような身の上だという怨みの歌です。ですからここで宮女が小さな扇を手に持って出ることにより、寵愛の薄れた身の上が暗示され、流蛍がそれに加わって、もう閨怨の雰囲気は、十二分にでてきます。彼女は秋の夜長を眠られぬままに、時おり迷いこむ蛍とたわむれている。

天階の夜色　涼　水の如し

彼女の視線は外へ向けられます。天階は空の高い所をいいます。その空の高い所の夜の気配は、涼しく水のようである。

臥して看る　牽牛　織女星

彼女は横になって牽牛織女星を見ている。秋の夜長を眠られぬまま、いつまでもいつまでも起きている。冴え冴えした夜の気配。やがて疲れてきて横になる。そこで初めて見えたのが牽牛織女星。七夕の日には夜なかに二つの星が中天に輝きますから、坐っていては目に入らないのが、横になって目の位置が低くなったので見えるのです。今日はあの彦星《ひこぼし》と織姫《おりひめ》との逢引の夜だったなあ、七夕の夜なのです。

ところで、七夕伝説は、天の川をはさんで、年に一遍だけ彦星と織姫が逢引をするというのが主題です。ですから、彼女たちはかわいそう、という発想で普通は歌います。「古詩十九首」の中でもそうですが、いつも織姫が泣いているのです。ところが、この詩の場合はそれを逆手にとり、牽牛織女星は、それでも年に一回逢えるからうらやましい、私には逢う人がいないのに、と。ここに発想の妙があります。またこの、臥して看る、というところが、いかにも無力感といいますか、しどけない感じを与えているのも見逃せません。夜もふけて、疲れて、なよなよと臥している。そして力なく見上げる目に、牽牛織女の逢引が見える。見たくもないものが見えてしまう。このへんの動きが実に自然です。非常に技巧的な詩といえましょう。ただし、銀とか秋とか冷やかとか、また軽いとか小さいとか、あるいは夜とか涼しいとかいう情況を表す形容語が少し多すぎるような感じもして、表現過多の嫌いもあります。しかしそれを上まわる技巧と、全体に漂う品のよさにはうならされます。

隴西行

誓掃匈奴不顧身
五千貂錦喪胡塵
可憐無定河辺骨
猶是春閨夢裏人

隴西行《ろうせいこう》　陳《ちん》陶《とう》

誓《ちか》って匈奴《きょうど》を掃《はら》って　身《み》を顧《かえり》みず
五千《ごせん》の貂錦《ちょうきん》　胡塵《こじん》に喪《うしな》う
憐《あわ》れむべし　無定河辺《むていかへん》の骨《ほね》
猶《な》お是《こ》れ　春閨夢裏《しゅんけいむり》の人《ひと》

（七言絶句、韻字は身・塵・人）

陳陶は晩唐の人。進士の試験に落第し続け、そのまま仕官せず、洪州（江西省南昌）の西山に隠れ住んだといいます。世俗と交わりを絶ち、夜は鶴の羽衣を着、香を焚《た》き、銅鑼《どら》を鳴らして空中を歩行するという生活。彼の茅屋にはいつも風や雷が起っていた、と。ある日ふと姿を消してゆくえ知れずになったが、その後百年たった宋の初め、木こりがその姿を見かけた、といいます。仙人のような人物ですが、この詩はなかなか凝った、閨怨でもあり辺塞（戦争）でもある、晩唐風の味わいの濃い作です。

隴西は今の甘粛省の西部、西域へのルートになります。「隴西行」は楽府題《がふだい》です。ただし漢代の隴西行の古辞は辺塞には関係なく、客をよくもてなす妻の歌です。

誓って匈奴《きょうど》を掃って　身を顧みず

誓って匈奴を掃蕩しようと、自分の身を顧みず戦争に出かけてゆく。匈奴は漢の時代に中国を脅かした遊牧民族で、唐の時代にはおりませんでした。これは時代を漢に仮りているのです。辺塞詩はおおむねそうで六朝以来のきまったパターンになっています。なお、この句の、一身を顧みず戦場におもむくという言い方には、三世紀の曹植《そうち》の「白馬篇」、白い馬に乗って幽并《ゆうへい》（中国の北方）の遊侠児《おとこだて》が出征をしてゆくという歌のかげが感ぜられます。「白馬篇」に次のような句があります。

白馬《はくば》に金羈《きんき》を飾《かざ》り　白馬飾金羈
連翩《れんぺん》として西北《せいほく》に馳《は》す　連翩西北馳
借問《しゃもん》す誰《た》が家《いえ》の子《こ》ぞ　借問誰家子

幽幷《ゆうへい》の遊侠児《ゆうきょうじ》

…………

長駆《ちょうく》して匈奴《きょうど》を蹈《ふ》み
左顧《さこ》して鮮卑《せんぴ》を凌《しの》ぐ
身《み》を鋒刃《ほうじん》の端《はし》に棄《す》て
性命安《せいめいいず》くんぞ懐《おも》うべけんや
父母《ふぼ》すら且《か》つ顧《かえり》みず
何《なん》ぞ子《こ》と妻《つま》とを言《い》わん
名《な》は壮士《そうし》の籍《せき》に編《へん》せられ
中《うち》に私《わたくし》を顧《かえり》みるを得《え》ず
軀《み》を捐《す》てて国難《こくなん》に赴《おもむ》き
死《し》を視《み》ること忽《たちま》ち帰《き》するが如《ごと》し

幽幷遊俠児

…………

長駆蹈匈奴
左顧凌鮮卑
棄身鋒刃端
性命安可懐
父母且不顧
何言子与妻
名編壮士籍
不得中顧私
捐軀赴国難
視死忽如帰

どうですか。「隴西行」の第一句は明らかに「白馬篇」を思い出させようとしていることがわかるでしょう。だからこの句は「白馬篇」を背後におくことによって、わずか七字で、この若者は白い馬にまたがった勇ましい若者——兄《あん》ちゃんというと語弊がありますが、そういったいなせな感じの若者であることを暗示するのです。

五千の貂錦《ちょうきん》　胡塵《こじん》に喪《うしな》う

勢いよく戦争には出てみたものの、悲しいかな、五千もの兵士は死んで、着ていた軍服は砂漠に消えてしまった。胡塵とは胡地の塵、中国西北方の砂漠の塵です。貂錦はてんのかわごろもとにしき、軍服をいいます。しかしこれは単なる軍服ではない。てんもにしきも贅沢なものですから、そこにはおのずからこれを着る人のイメージがわいてきます。この句と、第一句との関連によって、いなせな都の美少年、それが無残にも砂漠で死んだ、というニュアンスになります。ただむくつけき男《おのこ》が戦争にいって死んだのではありません。それでは無残さが半減してしまう。この詩では、この無残さがいのちです。それが後半の二句を呼び起します。

憐れむべし　無定河辺の骨、猶《な》お是《こ》れ　春閨夢裏《しゅんけいむり》の人

ああかわいそうなのは、無定河のほとりの骨だよ。可憐ということばは、普通かわいらしいという意味に使っていますが、元来は、心の深い感動をいう語です。ここでは、あわれ、かわいそうの意になります。無定河は蒙古辺りから黄河に注ぐ川の名ですけれども、場所の詮索はどうでもよろしい。この、定め無し、という名が、いかにも無常感をかきたてるはたらきをしていて、うまい使い方になっています。ああ、あわれ、定め無しという名も悲しげな川のほとりに散らばっている骨こそ、それは春の閨《ねや》の中で夢に出てくる人なんだよ。

春の閨の夢とは、留守を守っている若妻の夢です。都では若妻が夫が死んだとも知らずに毎晩毎晩夫の夢を見ている。その夫は実はもう骨になっている、という、ここにドキッとするようなむごさが感ぜられます。この詩のおもしろみは、先に髑髏《どくろ》に視点を置いているところなのです。都で待っている人の夫はもう死んだ、という詠い方では平凡です。反対側から目をつけたところ、先に髑髏（無定河辺の骨）がある、その髑髏は実は都の若妻の夢に出てくる人、と。そこがおもしろいのです。彼女の夫は天下太平の世ならば都大路を肩で風切って、ピュッと口笛でも鳴らしてゆくような若者、それが、戦争が始まると真っ先に、いっちょう手柄たててくるよ、と出かけていく。ところがそうは問屋がおろさない。たちまちに戦争は負けて、きんきらの軍服は砂にまみれ、あわれ髑髏となりはてて風に吹かれるしまつ。一方では、それを知るよしもなく、春ともなれば悩ましい夜の夢に、毎夜夫を夢みている若妻。「春閨夢裏」の語にいかにも悩ましい雰囲気が漂います。

さて、こう見てくるとこの作品は王昌齢の「閨怨」とはちょうど裏表《うらおもて》になっていることがおわかりでしょう。作者は先行する傑作「閨怨」を意識しているものと思います。なお、後半の二句は対句仕立てになっています。いかにも気のきいた言い回しで、無残さの美がここにみごとに描かれているのです。

2　懐古のうた

懐古の詩というもののも、詩人の発想の妙味のよく表れるテーマです。懐古とはある時代またはある事件をふり返るものですから、まず、どの時代、どの事件をふり返るかということが第一、どのような角度からそれを見るかということが第二、そしてどのようにうたうかということが第三のみどころになります。

春日山懐古

春日山頭鎖晩霞
驊騮嘶尽有啼鴉
惜君独賦能州月
不詠平安城外花

春日山懐古《かすがやまかいこ》　大槻《おおつき》　磐渓《ばんけい》

春日山頭《かすがさんとう》　晩霞《ばんか》鎖《とざ》す
驊騮《かりゅう》　嘶《いなな》き尽《つ》して　啼鴉《ていあ》有《あ》り
惜《お》しむらくは　君《きみ》　独《ひと》り能州《のうしゅう》の月《つき》を賦《ふ》して
平安城外《へいあんじょうがい》の花《はな》を詠《えい》ぜざりしを

（七言絶句、韻字は霞・鴉・花）

春日山は今の新潟県上越市高田の西にある山です。代々長尾氏の居城であったものが、戦国時代には上杉謙信の城になっていました。ここを根拠にして北陸、関東、あるいは北の方は出羽（今の秋田・山形両県）の方にも勢力を伸ばしたのです。

この作品は、春日山に立って上杉謙信のことを懐古したものです。

春日山頭　晩霞《ばんか》鎖《とざ》す

晩霞鎖す、は晩霞に鎖《とざ》さると読んでもかまいません。この春日山のほとり、夕暮の霞がすっぽりと覆うようにたちこめている。これが鎖すということです。

驊騮《かりゅう》　嘶《いなな》き尽して　啼鴉《ていあ》有り

嘶き尽きてと読んでもよい。驊騮は赤毛の駿馬を言います。『荘子』に、「騏驥《きき》驊騮は一日にして千里を馳す」とあり、名馬の称呼として杜甫の詩などにもでてきます。上杉謙信の乗った駿馬のいななく声も今はやんで、暮鴉《くれがらす》の鳴き声だけが聞こえてくる。かつては勇ましい駒のいななきも聞こえたであろう春日山。三百年後の今はただ鴉が鳴いている。ここに一つの無情感があります。

惜しむらくは　君　独り能州《のうしゅう》の月を賦《ふ》して、平安城外の花を詠《えい》ぜざりしを

惜しむは、最後までかかります。君は、上杉謙信を指す語。独りは、ただ……だけの意で、賦すにかかり

ます。一人で、の意ではありません。上杉謙信はただ、能州の月の歌だけを詠じて、平安城の外の花を詠じなかった、惜しいことだ。能州の月とは、能登の月で、上杉謙信の作といわれる「九月十三夜」（『新漢詩の世界』一六八ページ参照）の作品を指しています。

九月十三夜の月見の晩に、平定したばかりの能登の地方を見下《おろ》しながら、「遮莫《さもあらばあれ》　家郷《かきょう》　遠征《えんせい》を憶《おも》うを」とうたったあの英雄ぶり、しかしながら、彼は京の都に上って天下に覇をとなえるまではいかないうちに死んでしまった。だから平安城の花を詠ずることができなかった、それが残念だ、という意味です。

この詩のみどころは、後半の二句にあります。上杉謙信といえば武将中の武将ですが、その武張った面ではなく、九月十三夜の月を詠じたりするような文雅のほうに着目して、きっとあれだけの才能のある上杉謙信ならば、都に上ったら、都の美しい花の歌をうたっただろうに、という発想がおもしろい。誰でも考えつく武将の面の謙信ではないところに意外性があります。懐古の詩にはこの意外性がたいせつなのです。

また能州の月と平安城の花の対比も洒落《しゃれ》ていますし、前半の霞に鎖された暮景の沈んだ感じと、後半の風流な味がコントラストにもなっています。こう見てくるとなかなかおもしろい詩です。

なお、これに関連して、よく知られる、「太田道灌蓑を借るの図」にも触れておきましょう。

太田道灌《おおたどうかん》　簑《みの》を借《か》るの図《ず》
孤鞍《こあん》　雨《あめ》を衝《つ》いて　茅茨《ぼうし》を叩《たた》く
少女《しょうじょ》　為《ため》に遺《おく》る　花一枝《はないっし》

太田道灌借簑図
孤鞍衝雨叩茅茨
少女為遺花一枝

少女《しょうじょ》は言《い》わず　花語《はなかた》らず
英雄《えいゆう》の心緒《しんしょ》　乱《みだ》れて糸《いと》の如《ごと》し

少女不言花不語
英雄心緒乱如糸
（七言絶句、韻字は茨・枝・糸）

この作品も大槻磐渓の作といわれますが、おそらくそうではないと思います。これは、
太田道灌が江戸城に住むようになってからある日、狩に出かけた帰り、にわか雨に降られ、とある農家で簑を借りようとした。その時にその農家の娘がつと山吹の花の一枝を出したという話です。

七重八重花は咲けども山吹の　実の一つだに無きぞ悲しき

という古歌の、実《み》の一つと簑《みの》一つをかけて、簑がありませんということを洒落て言ったものですが、道灌はその意味がわからなかった。あとでその歌のことを聞いて恥ずかしく思い、これではいけないと、以後和歌に精進したという、昔の教科書にもあった有名な話ですが、どうもこれは作り話らしいのです。ともかく、この話を漢詩にしたのがこれです。

孤鞍《こあん》　雨を衝《つ》いて　茅茨《ぼうし》を叩く

鞍は馬のくら。孤鞍はただ一人馬に乗っている様子。狩の帰り、道灌は伴《とも》にもはぐれて一人馬に乗り、雨の中を茅ぶきの田舎家の戸を叩いた。茅茨は茅《かや》ぶきの屋根、いばらの垣根で、田舎家をいいます。

少女為《ため》に遺《おく》る　花一枝

簑を貸してくれないか、との道灌の頼みに、その家の少女は山吹の花を一枝おくった。為には太田道灌のために、ということ。

少女は言わず　花語らず

少女はなにも言わず、ただ山吹の花を差し出すだけ。花ももの言わない。

英雄の心緒《しんしょ》　乱れて糸の如し

さて困った。どういう意味だかわからない。英雄太田道灌の心は千々に乱れて糸のようだ。

以上のように、物語に基づいて作ったものですが、全体の、詩の調子がいかにも俗っぽい。第三句はよいとしても、第四句は説明調でおもしろ味に乏しいのです。心緒は心の糸ですから、それが乱れて糸のようというのは表現もまずいと思います。とても大槻磐渓のような詩人の作品とは思われません。

懐古の詩のうまいのはなんと言っても中国では杜牧です。その傑作のうち三首を取り上げ、発想の妙味を見ることにしましょう。

金谷園

金谷園《きんこくえん》　杜《と》　牧《ぼく》

繁華事散逐香塵
流水無情草自春
日暮東風怨啼鳥
落花猶似墜楼人

繁華《はんか》の事散《ことさん》じて　香塵《こうじん》を逐《お》う
流水《りゅうすい》無情《むじょう》　草自《くさおの》ずから春《はる》なり
日暮《にちぼ》東風《とうふう》　啼鳥《ていちょう》を怨《うら》む
落花《らくか》　猶《な》お似《に》たり　墜楼《ついろう》の人
（七言絶句、韻字は塵・春・人）

金谷園とは、その昔、三世紀の終りに石崇《せきすう》という貴族の別荘だったところです。洛陽の西の郊外にあり、石崇はここに友人や取り巻きを連れてきては、盛大な野外の宴会を催しました。曲水流觴《きょくすいりゅうしょう》の遊びは有名です。庭に谷川を引き込んでわざとくねくねと曲げ、川上から杯を流します。川の両岸に人々は座を占め、杯が自分の前に流れてくるまでに詩を作る、詩のできない者には罰盃を飲ますという風流な遊びです。西暦二九六年にここで催された宴遊には有名な詩人たちも多勢集り、その風雅は後世に喧伝されました。ところが、それから間もなく内乱が起りまして、ある武将が権力をかさに着て石崇のかわいがっていた緑珠《りょくじゅ》という歌姫をよこせと要求します。石崇がそれを断ると、根にもち、とうとう石崇をおとし入れて、死刑にするということで逮捕にやって来ました。その時石崇は金谷園の高殿で緑珠に舞いを舞わせながら、酒を飲んでいました。逮捕に来た報せを聞くと、笑いながら緑珠に向かって、とうとうお前のためにこんなことになったよ、と言う。すると緑珠は、だんな様がこんなめにあって私が生きながらえることはできません、と言い、その高殿から身を躍らせて落ちて死んだのです。そういう物語を、この詩はふまえています。

繁華の事散じて　香塵《こうじん》を逐う

あの、石崇の時代の貴族の華やかな宴遊は、かぐわしい塵とともにどこかに消えてしまった。宴遊の時の歌姫や舞姫のたてた塵を香塵といったのです。その塵が収まるのを追うように、繁華の事も消えていった、という意味です。

流水無情　草自ずから春なり

金谷園のあとには、水ばかりが無情に流れており、春になれば草がおのずから春の装いを凝らす。水といい草といい、無情なものです。水は変わることなく流れているし、草は春になれば生い茂るもの。しかし、人間は死んで、世の中は変わっていく。前半の二句は、人生の無情をうたうのに、どちらかといえば常識的なとらえ方ですが、後半の二句が非常に奇抜です。

日暮東風　啼鳥を怨む

日の暮れ方に春風が吹いて、鳥が鳴く。東風は春風。怨むといったのは、その鳥がたいへん美しい声で鳴いているということ。訓読の習慣で、「啼鳥を怨む」と読んでいますが、ここは「啼鳥怨む」と読むのがよいでしょう。怨はうらめしいのではなく、感動的に鳴くことをいうのです。もちろん、聴くものが感動して聴くわけなのですが。日暮れ方に春風が吹いて、いかにももの思わせる鳥の声がする。

落花　猶《な》お似たり　墜楼の人

すると眼の前を風に吹かれてハラハラと花びらが落ちていく。その花びらを見ていると、ちょうどあの袂《たもと》をひるがえして落ちていった緑珠のようだ。墜楼の人とは楼から落ちた人、緑珠のことです。

ここのところの発想がなんとも奇抜です。花びらの中に緑珠の姿を見たのです。可憐な緑珠が美しい着物の袂をひらひらとひるがえしながら落ちていった姿。それと今の花びらとが二重映しになっている。ここは金谷園、あれから五百年余りの年月が流れたのだ……。春のセンチメンタルな気分が、よく懐古のムードととけ合った傑作だと思います。

なお、わが国の与謝野晶子に、「金色《こんじき》の　小さき鳥の形して　銀杏《いちょう》散るなり　夕陽《ゆうひ》の丘に」という歌がありますが、夕陽の光の中にハラハラと散る銀杏の黄色い葉が、金色の鳥に見えるという発想は、なんとなくこの作品と通うものがあると思います。ひょっとしたらこの歌の背後に、杜牧のこの詩があったのかもしれません。

題烏江亭

勝敗兵家事不期
雪羞忍恥是男児
江東子弟多才俊

烏江亭《うこうてい》に題《だい》す　　杜牧

勝敗《しょうはい》は兵家《へいか》も事《こと》期《き》せず
羞《はじ》を雪《すす》ぎ　恥《はじ》を忍《しの》ぶは是《こ》れ男児《だんじ》
江東《こうとう》の子弟《してい》　才俊《さいしゅん》多《おお》し

捲土重来未可知

捲《けん》土重来《どちょうらい》　未《いま》だ知《し》るべからず
（七言絶句、韻字は期・児・知）

烏江亭は今の安徽省和《か》県の長江に面したところにあります。漢楚の興亡の時に、楚の項羽《こうう》が漢の劉邦に負けて追いつめられ、この烏江亭までやって来ました。するとこの烏江亭の渡し場の頭《かしら》が船を用意しており、どうぞ項羽さまお渡りください。ここには私の船しかございませんから渡ってしまえばもう追手は追いつけません。この川をお渡りになれば向こうはあなたの国です。どうぞ、もう一度王となって盛り返してくださいませ、と勧めます。すると項羽は、かんらからからと笑って、いや渡らん、天命が自分を見放したのだ。それに私はそもそも八千人も江東の若者どもを連れていったが、一人も帰って来ない。だから今さらおめおめと国へ帰り、若者の父兄たちに合わせる顔はないのだ、と言って断りました。それで結局項羽はここで斬り込みのすえ、自殺をするのですが、後世の項羽びいきにはなんとも残念なことでありました。

勝敗は兵家も事《こと》期《き》せず

戦いの勝ち負けは、兵法家でも予期できない。事期せず、とはその勝ち負けのことは予測できないという意味です。なお、「不可期」（期すべからず）となっているテキストもあります。意味は同じですが、第四句に「未可知」とあるのと重複するのを避けるためには「事不期」のほうがよいでしょう。

羞《はじ》を雪《すす》ぎ　恥を忍ぶは是《こ》れ男児

羞も恥も同じ意味で合わせて羞恥という語になります。ここでは互文になっています。すなわち、羞恥を雪《すす》いだり忍んだりということ。雪をすすぐと読むのは、雪は白いものですから、白くする――消すというぐあいに意味が転じたのです。恥を受けたらそれをじっとこらえて、はらすことこそ男児たるものの生き方だ。戦いに敗れておめおめと帰れない気持はわかる。しかしそれに耐えていかなければだめじゃないか、と項羽を叱っているのです。

江東の子弟　才俊《さいしゅん》多し

江東は長江の東側、項羽の本拠地です。才俊とは優れた人、豪傑といってもよい。長江の東の国の若者は豪傑ぞろいだ。

捲土重来《けんどちょうらい》　未《いま》だ知るべからず

「土《つち》を捲《ま》き重《かさ》ねて来《き》たる」と読んでもよい。土を捲くとは、土をも捲き上げるような勢い、の意です。もう一度、勢いを盛り返してやってくれれば、勝ち負けはまだわからなかったのに。項羽はもう、天命が自分を見放したと思ってあきらめて、ここで自殺をしましたが、もう一度、あの時の烏江亭の頭《かしら》の言うことを聞いて川を渡って行ったら、結局どうなったかわかりはしなかったのに、という感慨をこめています。それはちようど、わが国の九郎判官義経《くろうほうがんよしつね》が、あそこで死ななかったら、というのとよく似ています。判官《ほうがん》びいき、というものです。項羽は背も高く、力も強く、いかにも英雄らしい英雄で、それがいさぎよく散ったということ、死んだときまだ三十一歳だったこと、かたわらに虞美人《ぐびじん》がいて、項羽の運命に殉じたこと。それにひきかえ勝った劉邦のほうは地味な人間で、ちょうど家康のような感じの人物だったこと、等々、民衆の間では項羽の人気は非常に高いのです。その民衆の気持を代弁したのがこの詩です。

なお、杜牧は詩人としてばかりでなく、兵法家としても『孫子《そんし》』の注を書くなど、よく知られます。勝敗は兵家も事期せず、というあたりに兵法家の口吻《こうふん》が表れていると見ることもできましょう。

赤壁

折戟沈沙鉄未消
自将磨洗認前朝
東風不与周郎便
銅雀春深鎖二喬

赤壁《せきへき》　杜牧《とぼく》

折戟《せつげき》　沙《すな》に沈《しず》んで　鉄《てつ》未《いま》だ消《しょう》せず
自《おの》ずから磨洗《ません》を将《も》って　前朝《ぜんちょう》を認《みと》む
東風《とうふう》　周郎《しゅうろう》が与《ため》に便《べん》ならずんば
銅雀《どうじゃく》　春深《はるふか》うして　二喬《にきょう》を鎖《とざ》せしならん

（七言絶句、韻字は消・朝・喬）

「烏江亭に題す」はどちらかといえば、人を驚かせるような発想ではなく、人々がみな抱く、あの時ああであったらなあ、という感慨を巧みに代弁したおもしろみがありましたが、今度は、アッと言わせる奇抜な発想の詩です。

赤壁は、紀元三世紀の初めに、魏の曹操《そうそう》が百万の水軍を引き連れて長江の上流から押し寄せ、ここで呉《ご》と蜀《しょく》の連合軍と合戦をして大負けした古戦場です。蜀の諸葛孔明《しょかつこうめい》が風乞いをして、霊験あってちょうど東風が吹きました。そこで油をかけた薪を船に乗せて火をつけ、敵の曹操の船の方に突っ込ませて、焼きはらったのです。その時に東風が吹いたというのは、まあ一種の神風《かみかぜ》ですが、その風のおかげで百万の水軍は全滅して、さしもの広い長江も人の死骸で埋まったほどでした。天下分けめの決戦だったのです。

昔から、この赤壁の古戦場に人が来ては、いろいろな詩文を作っております。中でも、この詩と、この後、宋になって蘇東坡《そとうば》が書いた「赤壁《せきへき》の賦《ふ》」が有名です。

折戟《せつげき》　沙《すな》に沈んで　鉄未《いま》だ消《しょう》せず

折れたほこが岸の砂に沈んで、その鉄がまだ消えていない。つまり、さびきっていない。ちなみに赤壁の戦いが、紀元三世紀の初め、杜牧がこの詩を作ったのが九世紀の中頃。その間、六〇〇年以上経っており、多少、不自然なところがあるかもしれません。しかし、折れた戟に着目して、ここからうたい起したところが、まずおもしろいのです。

自ずから磨洗《ません》を将《も》って　前朝を認む

そこで、その折れた戟を手にとって水でみがいてみると、ああ、これはあの頃のものだとわかった。前朝とは前時代、六朝を指しております。それがあの赤壁の戦の時のものだとわかる、というのも多少不自然ですが、なんといってもここは着想のおもしろさにカバーされてしまいます。なにげなくその辺の砂浜を散歩していると、ふと足にさわるものがある。なんだろうな、と思ってそれを掘って手に取ってみると、折れた戟だ。水につけてみがいてみると、うーん、これはまさしくあの頃のものだな、ということによって激しかった赤壁の戦を思い出す、という趣向です。普通、赤壁の懐古といえば、まず赤い色をした崖の連なる異様な風景に着目し、日暮かなにかにいにしえを偲ぶ、という趣向が多いのです。ここではその常套を打ち破って折れた戟からうたい起しました。後半はさらにおもしろい。

東風　周郎が与《ため》に便ならずんば

東風がもし呉の周瑜《しゅうゆ》のために味方をしてくれなかったならば、これも、もし……だったら、という仮定の発想です。周郎は迎え討つ呉の総大将周瑜のこと。この時わずか二十四歳の若大将です。

銅雀《どうじゃく》　春深うして　二喬を鎖《とざ》せしならん

銅雀は銅雀台という、曹操が鄴《ぎょう》（魏の都、河南省北部）に築いたぜいたくな高殿です。曹操は歌舞音曲が好きで、自分でも歌を作っていますが、この銅雀台で、歌姫や舞姫に踊りを踊らせたり歌をうたわせたりして楽しみました。死んだ後も、月の一日と十五日に、墓の方に向かって必ず歌や踊りをやれ、と遺言したほどです。

その銅雀台に、春深いころ、二人の喬という姉妹《あねいもうと》の美人は、きっととざされていたことであろう。二喬というのは喬氏のむすめで、姉さんのほうは孫策《そんさく》の、妹のほうは周郎の側室になった評判の美人の姉妹です。もし東風が吹かなかったなら戦争は負けでしょうから、夫の周瑜や孫策は殺される、そしてその美人たちは色好みの曹操のために捕《つか》まって、手ごめにされただろう、という発想。

つまり、先ほどの項羽とは正反対に、曹操は民衆に人気がない——それはなんと言っても、あの三国時代の善玉は、蜀の劉備であり、諸葛孔明であり、また呉の周瑜です。これに仇をする曹操は悪玉の親分です。おまけに曹操は、色好みであるという評判がたっている、狒々爺《ひひじじい》です。その狒々爺に、あわれ美しい姉妹が手ごめになった、という発想をするところがなんともおもしろい。小説的発想といってもいいでしょう。おそらく、民間に語りつがれているうちに、曹操の悪玉ぶりはますます悪玉になり、こちらの善玉はますます善玉になっていったと思います。この物語は、後に発展して『三国志演義』という長篇小説になります。吉川英治の『三国志』はこれに基づいたものです。この詩は小説のできるよりも前のものですが、すでに広く民衆に語りつがれた物語的な姿を伝えるものとみることができます。意外性ということは、懐古の詩のいのちですが、これだけの意外性は珍しいでしょう。もしもあの時義経が死ななかったら、というように、民衆の願望が現実であったなら、という方向を取るものを、この詩では、もし戦争で悪玉が勝っていたら、という全く逆の方向から発想していること、そして春風と美女、それに配するに狒々爺という取り合せがまた絶妙です。

3　隠逸のうた

次に、「隠者を尋ねて遇《あ》わず」というテーマの作品を見ます。これも中国の詩に独特の世界です。隠者は遇えないところに隠者らしさがあり、そこにおもしろみがあるのです。そういうおもしろみを発見したのは、やはり詩の世界の一つの発展といえましょう。

尋隠者不遇
松下問童子
言師採薬去
只在此山中
雲深不知処

隠者《いんじゃ》を尋《たず》ねて遇《あ》わず　賈《か》島《とう》
松下《しょうか》　童子《どうじ》に問《と》う
言《い》う　師《し》は薬《くすり》を採《と》り去《さ》ると
只《た》だ此《こ》の山中《さんちゅう》に在《あ》り
雲深《くもふか》くして　処《ところ》を知《し》らず

（五言絶句、韻字は去・処）

賈島は、初めに推敲の話のところででてきました。

松下童子に問う

隠者を尋ねて遇わず（唐詩選画本）

松の木の下で童子に聞いてみた。この童子は隠者の身のまわりの世話をする召使です。隠者のまわりにはけがれのない童子が侍《はべ》っています。松も、隠者の象徴だということは前にもでてきました。

先生はどちら、と尋ねると、

言う　師は薬を採り去ると

その童子が、お師匠さまは、薬草を採りにお出かけになりました、との返事。薬は薬草のこと。これもまた隠者につきものです。隠者は薬草を摘んで、それを俗世間の者に売ってやる。つまり、薬草だけが隠者と俗世間を結ぶものなのです。

只《た》だ此の山中に在り、雲深くして処《ところ》を知らず

ただこの山の中においでになります、と、童子のセリフととってもよいが、ここでは、どうもこの山の中にいるらしい、と地の文に

とっておきます。だが、白い雲が深く垂れこめて、どこにいるのかわからない。雲はもちろん白雲です。これも隠者の象徴。そうしますと、松といい、童子といい、薬草といい、白雲といい、隠者の道具だてはみなそろっています。そして、肝心の隠者先生自身は雲の中に隠れて姿を見せない。そこに縹渺《ひょうびょう》たる味わいが漂ってくるのです。隠者を尋ねたけれども遇えなかった、というテーマが人々におもしろいな、と思われるのはここです。なんとなく、とらえどころのない深さ、高さ、それが隠者にふさわしいのです。「ごめんください」と言って「オー」と隠者先生が出てくるというのでは詩になりません。

次の作品は、もっと凝っています。

訪隠者不遇　　竇《とう》　鞏《きょう》

籬外涓涓澗水流
槿華半照夕陽収
欲題名字知相訪
又恐芭蕉不耐秋

隠者《いんじゃ》を訪《たず》ねて遇《あ》わず
籬外《りがい》涓涓《けんけん》として　澗水《かんすい》流《なが》る
槿華《きんか》半《なか》ば照《て》らして　夕陽《せきよう》収《おさ》まる
名字《めいじ》を題《だい》して　相《あ》い訪《おとな》うを知《し》らしめんと欲《ほっ》するも
又恐《またおそ》る　芭蕉《ばしょう》の秋《あき》に耐《た》えざるを
（七言絶句、韻字は流・収・秋）

竇鞏という人も中唐の人です。この人は兄弟五人、上から、竇常、竇牟《ぼう》、竇羣《ぐん》、竇庠《しょう》、竇鞏とみな高級官僚であり、かつ詩人としてもそれぞれ優れ、五星のごとし、とうたわれました。

籬外《りがい》涓涓《けんけん》として　澗水《かんすい》流る

籬はかきね、まがき。まがきの外にちょろちょろと谷川の水が流れている。涓涓はちょろちょろ流れるさま。「帰去来の辞」にも「泉は涓涓として始めて流る」とあり、このへんなんとなく陶淵明の雰囲気です。俗世間を離れた奥深い感じ。

槿華《きんか》半ば照らして　夕陽《せきよう》収まる

むくげの花を半分照らして、夕陽が次第に沈んでゆく。半ば照らす、といったところがおもしろい。槿華はむくげで、三メートルぐらいになる大きな木です。夏から秋にかけて花が咲きます。花はいろいろあるようですが、ここでは白い色を考えるとよいでしょう。沈みかけて陽《ひ》は下から照らしますので、先のほう半分は白い花が赤く染まっている情景。

名字《めいじ》を題して相い訪《おとな》うを知らしめんと欲するも、又恐る　芭蕉の秋に耐えざるを

自分の名前を書き記して、訪問したことをお伝えしたいのだが、心配なのは芭蕉の葉が秋に耐えられないで、落ちやしないか、ということ。

後半は、尋ねる相手の隠者先生は当然留守なのです。留守だから、せめて来たことをお伝えしたい。そこでこの詩のおもしろみは、芭蕉の葉の発見です。芭蕉の葉は大きな葉です。その大きな葉にふと眼がいった

のです。そうそうちょうどいい、これに、何月何日だれそれ訪ねましたと書いておけば、帰っていらっしゃった隠者先生が気がつかれるだろう。と、それに書こうとするが、いや待てよ、芭蕉は落ちやすいからな、隠者先生がお帰りまでこの葉はついているかしら、と、こういうことによって、隠者の飄々として定めないことを表しています。気がむけば帰ってくるが、気がむかなければいつまでも帰らない。山に薬草を採りに行ったのやら、洞穴に籠っているのやら、というようなとらえどころのなさがまた隠者らしいのです。

　この詩は、七言絶句なだけに、先ほどの賈島の詩よりも情景が細かくなっておりますし、芭蕉の葉の発見が、なかなか奇抜で、技巧的な詩だと思います。

　いずれにしましても、隠者を訪ねて遇わないというのは、どのように隠者らしさをとらえるかというところがみどころになります。ですから、こういう詩を見るときには、そのような観点で見なければいけません。詩にはいろいろなみどころがあり、そのみどころを知らずに見ていたのでは、作者の意図は汲めません。例えば、このような詩を見て、何か深刻な味わいを求めようとするのは見当違いというものです。気がきいていればそれでいい詩なのです。

　尋陸鴻漸不遇　　　陸鴻漸《りくこうぜん》を尋《たず》ねて遇《あ》わず　　皎《きょう》然《ねん》

移家雖帯郭　　家《いえ》を移《うつ》して郭《かく》を帯《お》ぶと雖《いえど》も

野径入桑麻　　野径《やけい》　桑麻《そうま》に入《い》る

近種籬辺菊　　近《ちか》ごろ籬辺《りへん》の菊《きく》を種《う》うるに

秋来未著花
扣門無犬吠
欲去問西家
報道山中去
帰来毎日斜

秋《あき》来《き》たって　未《いま》だ花《はな》を著《つ》けず
門《もん》を扣《たた》くに　犬《いぬ》の吠《ほ》ゆる無《な》し
去《さ》らんと欲《ほっ》して　西家《せいか》に問《と》う
報道《ほうどう》す　山中《さんちゅう》に去《さ》って
帰《かえ》り来《き》たるは　毎《つね》に日《ひ》の斜《なな》めなりと
（五言律詩、韻字は麻・花・家・斜）

皎然は中唐の詩僧。俗姓は謝氏、謝霊運十世の孫といいます。字は清昼《せいちゅう》、それで昼上人《ちゅうしょうにん》と称されます。初め、湖州（浙江省呉興）の杼山《ちょざん》の妙喜寺で、同じく僧の霊澈《れいてつ》やこの詩の当の相手の陸鴻漸と一緒に修業していました。その時、陸鴻漸が寺の傍らに亭を造り、ちょうど癸丑《みずのとうし》の年（大暦八年・七七三）、癸卯《みずのとう》の日を朔《さく》（ついたち）とする月（十月）、癸亥《みずのとい》の日に落成したので、時の湖州の刺史（長官）顔真卿《がんしんけい》が「三癸亭《さんきてい》」と命名し、皎然が詩を作りました。このことから詩名をうたわれ、後に、貞元年間（七八五〜八〇五）に宮中で高僧の集を編纂《へんさん》した時、皎然の詩文集十巻もおさめられています。また、詩の評論『詩式』を著しました。

陸鴻漸は名を羽といい、『茶経《ちゃきょう》』を著したことで有名です。苕渓《ちょうけい》（浙江省）のほとりに廬を結んで隠者暮しをしていた人ですから、この詩も、そこの廬を訪ねたものと思います。陸鴻漸という特定の名が記されていますが、いわゆる隠者を尋ねて遇わず、と同じ類の詩です。

家を移して郭を帯ぶと雖も、野径　桑麻に入る

家を移すというのは引越しです。郭は城郭で、町を意味します。帯郭（郭を帯ぶ）は城郭のぐるりの辺り、町の郊外になります。引越してきて街の近くにはいるけれども、野道が桑やら麻やらのはたけに入り込んでいる。隠者鴻漸先生は人里の近くに越してきたと見えます。だが、そのすまいの辺りは畑のようす。このへんは陶淵明の「廬《いおり》を結んで人境《じんきょう》に在り、而《しか》も車馬の喧《かしま》しき無し」（次ページ参照）の影響があります。また淵明には「時に復《ま》た墟曲《きょきょく》の中《うち》、草を披《ひら》いて共に来往す、相い見て雑言なし、ただ道《い》う桑麻長《の》びたりと」（「田園の居に帰る」）の句もあります。

近ごろ籬辺《りへん》の菊を種《う》うるに、秋来たって　未だ花を著けず

近ごろ、籬《まがき》の辺りに菊を植えたようだが、秋になってもまだ花が咲いていない。これから咲くということです。いかにもひなびていて、花も遅く咲く、という感じです。ここも陶淵明ばりです。

門を扣《たた》くに犬の吠《ほ》ゆる無し、去らんと欲して　西家に問う

門をたたいて訪問の意を告げたが、犬も吠えない。シーンと人気のない様子をいうものですが、陸鴻漸先生は犬をお伴にどこかへ行ってしまった、というふうに考えることもできます。帰ろうとして、西隣の家に聞いてみた。すると、

報道す　山中に去って、帰り来たるは　毎《つね》に日の斜めなりと

報道というのは、知らせて言う、の意味。道は、言うと同じです。西隣の人が私にこのようなことを知らせて言う、山の中にお出かけになりました、お帰りはいつも日が暮れてからですよ、と。隠者を訪ねて遇わずという、きまったパターンがここでもふまれていることがわかります。隠者の陸鴻漸先生は犬をつれて山に薬草を採りに行ったのか、あるいは茶でも摘みに行ったのでしょう。毎日プラーッと出かけては日暮れ方に帰って来るというような気ままな様子を描き、相手の高士としての姿を印象づけたものです。

飲　酒　其五

結廬在人境
而無車馬喧
問君何能爾
心遠地自偏
采菊東籬下
悠然見南山
山気日夕佳
飛鳥相与還

飲《いん》　酒《しゅ》　其《そ》の五《ご》　陶《とう》　淵明《えんめい》

盧《いおり》を結《むす》んで人境《じんきょう》に在《あ》り
而《しか》も車馬《しゃば》の喧《かしま》しき無《な》し
君《きみ》に問《と》う　何《なん》ぞ能《よ》く爾《しか》るやと
心遠《こころとお》ければ　地自《ちおの》ずから偏《へん》なり
菊《きく》を采《と》る　東籬《とうり》の下《もと》
悠然《ゆうぜん》として南山《なんざん》を見《み》る
山気《さんき》　日夕《にっせき》に佳《よ》く
飛鳥《ひちょう》　相《あ》い与《とも》に還《かえ》る

此中有真意
欲弁已忘言

此《こ》の中《うち》に真意《しんい》有《あ》り
弁《べん》ぜんと欲《ほっ》すれば　已《すで》に言《げん》を忘《わす》る
（五言古詩、韻字は喧・偏・山・還・言）

順序があとさきになりましたが、ここで今まで見た唐の詩に大きな影響を及ぼしている陶淵明の「飲酒其の五」を見ることにします。この詩は陶淵明が役人をやめ、故郷の田園に隠居の生活をしているときに作ったものです。全体は二十首の連作で、初めに序がついています。それによると、「自分は閑居していて歓びが少なく、それに秋の夜ははなはだ長い。たまたまうまい酒があれば飲まない晩とてない（毎晩飲む）。自分の影をふり返っては一人で壺を傾け尽して酔う。酔えば何句か作っては楽しみとする。書きつけた紙ばかり多くなり、順序次第もない。友人にこれを書き写させては一時の歓びとするばかりだ」とあります。

これらの詩は酒が必ずしも主題ではなく、要するに酒を飲んで陶然とした気持になった折々の作、ということで「飲酒」と名づけたものと思います。この詩にも直接には酒はでてきません。二十首の中で最も有名で、陶淵明の代表的な作品になっています。

廬《いおり》を結んで人境に在り、而《しか》も車馬の喧《かしま》しき無し

廬は粗末な家。人境は人里のこと。自分は隠者の暮しをしていて、粗末な家を人里の中に構えている。而《しか》もというのは、逆接の接続です。人里に住んでいれば、車や馬の往来がやかましいはず、それなのにやかま

しくないと言うのです。車馬が喧しいというのは、車や馬に乗って人が来るということ。また、車や馬に乗って自分が出て行くということ。つまり俗世間との交渉ということです。

君に問う　何ぞ能《よ》く爾《しか》るやと、心遠ければ　地自《おの》ずから偏なり

前の二句で、車馬が喧しいはずの人里にいて喧しくない、と言うものですから、ここで問を発します。君に聞くが、なんでそんなことができるのか、と。その答、心が人里から遠ければ地は自然へんぴになるのだよ、と。君と言って、自分で自分に聞いているのです。自問自答です。何ぞ能くは、どうして……できるか。疑問です。爾《しか》るはそうであること。人里に住んでいながら、車馬のやかましさがないということ、どうしてできるの。心が遠く離れるとは俗世間から離れることです。偏はかたよるの意。

以上、はじめの四句で隠者暮しの前置《まえお》きといいますか、説明をしているのです。決して山の中に住むのではない。俗世界に住んでいるけれども隠者の暮しができる。それはなぜか。心が俗から遠ければ、住むところは自然にかたよるのだ。

菊を采《と》る　東籬《とうり》の下《もと》、悠然《ゆうぜん》として南山を見る

この二句が、陶淵明の金看板になっている、有名な句です。以下、

山気　日夕に佳《よ》く、飛鳥相い与《とも》に還る

ここまでの四句が、前の四句で述べた、俗から遠い隠者の暮しはどのようなものであるのか、ということを具体的に示して見せたものです。今、折しも晩秋の季節で、ちょうど菊の花が咲いている。その菊の花を東の籬《まがき》のもとでとり、悠然として南の山を見る。南の山は廬山です。山の方では、夕暮の霞がたなびいている。山気は嵐気《らんき》ともいい、山の霞のことです。夕暮に山がボーッと霞んで見える。日夕は「日之夕《ひのゆう》」で夕方のこと。その霞の中に吸い込まれるように、鳥が連れだって寝ぐらへ帰ってゆく。

此の中《うち》に真意あり、弁ぜんと欲すれば　已《すで》に言を忘る

このなにげない情景、此の中にこそ、人生の真意がある。此の中というのは、「菊を采る　東籬の下」から「飛鳥　相い与に還る」までの四句に示した世界です。真意とは、真実と言い換えてもよい。人生は何が本当なのか、どう生くべきか、ということにつながるのです。俗世間の人に対して、俗世間ではない世界にこそ人としての真実のありかたがある。くだいて言えば、立身だとか出世だとか金もうけだとか、俗世間では重い意味をもつと思われることが、果して人間にとって本当にたいせつなものなのか、いや、そうではない、人間といえども自然の中の一つの物、だとすれば宇宙を支配する真理に従って、生くべきではないか……と。それは説明しようと思うと、そのとたんに説明すべきことばを忘れてしまう。最後のところは『荘子』の「魚《うお》を得《え》て筌《せん》（魚をとる道具）を忘《わす》れ、意《い》を得《え》て言《げん》を忘《わす》る」をふまえています。また『老子』でも「言《い》う者《もの》は知《し》らず、知《し》る者《もの》は言《い》わず」と言っています。つまり、物事の本当に奥深いところを悟ったものは、人に説明すべきことばを忘れてしまうのである。だから説明不能で、これがわかりたかったら、俺さまと同

じ暮しをしてみろ、と傲然とうそぶいているのです。つまり、俗世間を低しと見、自分を高しと見て暮すのが隠者の姿です。隠者の面目躍如というところです。

こう見てくると、さきほどの四句は、実にうまい情景描写であることに気がつきます。隠者の暮しには、春夏秋冬、朝昼晩いろいろな場面があるはずです。その中で、陶淵明が最もその真意を表しているとして切り取ってきたのがこれです。季節は晩秋、時刻は夕暮、籬《まがき》の下の菊の花を摘み、やおら見上げる目に南の山、たなびく霞に吸われるように連れだち帰る鳥の姿、……悠然たる奥深いものが、胸にシックリ落ち着く心地です。うまいものです。これがすなわち詩人陶淵明のセンスなのです。なにげないようですが、凡人にはちょっと気のつかない情景です。

なお、「悠然として南山を見る」という句について第一章で触れたように、蘇東坡によって衆説が定まったのですが、しかし、実は、そうではない、つまり、「南山を望む」を正しいとする考え方もありうるのです。その理由の一つは、悠然ということばが、南山にかかる修飾語ではないかということ。悠然として南山を見るのではなく、悠然たる南山を見るのだというのです。その例証として「飲酒　其の八」に、「卓然見高枝」（卓然《たくぜん》高枝《こうし》を見《み》る）の句があり、卓然はすっくと高く立つ意ですから、どうしても高枝の形容語になります。それから「菊を采る　東籬の下」というのは、菊の花びらをただ観賞するものではなく、食べるために摘むということ。これも「飲酒　其の七」に、「秋菊《しゅうきく》佳色《かしょく》あり、露《つゆ》に裛《うるお》う其《そ》の英《はなびら》を掇《と》る、この忘憂《ぼうゆう》の物《もの》（酒のこと）に汎《うか》べて、我《わ》が　世《よ》を遺《わす》るるの情《じょう》を遠《とお》くす」とあるのが傍証となります。

魏晋の当時は、菊の花が長命の薬だと信じられ、よく摘んで食べたり酒に浮かべて飲んだりしたものです。

そう思ってみますと、南山というのも、『詩経』に、「南山《なんざん》の寿《じゅ》の如《ごと》く、騫《か》けず崩《くず》れず」とありますように、昔から長寿の象徴としてとらえられてきております。『詩経』の南山は終南山（長安の南）を指し、この詩の南山は廬山（江西省）なのですが、南山という語の表すものは、長寿の象徴であることに変りはありません。ここで菊の花を摘むことと、南山とは関連してくることになります。だから「悠然たるこの長寿の象徴である南山を望む」ほうが筋がとおるわけです。詩として見た時は蘇東坡のいうようにとるほうがより奥深い趣があるかもしれませんが、私は陶淵明の詩の元の姿はこちらのほうではなかったかと思っております。

幽居

貴賤雖異等
出門皆有営
独無外物牽
遂此幽居情
微雨夜来過
不知春草生
青山忽已曙
鳥雀繞舎鳴
時与道人偶

幽《ゆう》居《きょ》　　韋《い》　応物《おうぶつ》

貴賤《きせん》　等《とう》を異《こと》にすと雖《いえど》も
門《もん》を出《い》でては　皆《みな》　営《いとな》みあり
独《ひと》り外物《がいぶつ》の牽《ひ》く無《な》く
此《こ》の幽居《ゆうきょ》の情《じょう》を遂《と》ぐ
微雨《びう》　夜来《やらい》過《す》ぎ
知《し》らず　春草《しゅんそう》　生《しょう》ずるを
青山《せいざん》　忽《たちま》ち已《すで》に曙《あ》くれば
鳥雀《ちょうじゃく》　舎《しゃ》を繞《めぐ》りて鳴《な》く
時《とき》に道人《どうじん》と偶《ぐう》し

或随樵者行
自当安蹇劣
誰謂薄世栄

或《ある》いは樵者《しょうしゃ》に随《したが》いて行《ゆ》く
自《みずか》ら当《まさ》に蹇劣《けんれつ》に安《やす》んずべし
誰《たれ》か世栄《せいえい》を薄《うと》んずと謂《い》わん
（五言古詩、韻字は営・情・生・鳴・行・栄）

韋応物は中唐の詩人。最後に蘇州刺史をしましたので韋蘇州と称されます。その前、湖州刺史の時には、前にでてきました皎然上人が詩名を慕って詩を献じたりしています。後に白楽天が尊敬した先輩です。詩風は王維・孟浩然の流れを汲み、当時枯淡の風で高く仰がれました。

貴賤　等を異にすと雖も、門を出でては　皆　営みあり

身分の高いものも低いものも、等級は違うけれども、一歩自分の家の門を出れば、みなそれぞれの生活がある。身分が高ければ気苦労もあるだろうし、低ければあくせく働かねばならない。

独り外物の牽《ひ》く無く、此の幽居の情を遂ぐ

その中で私ひとりが外の物にひかれることなく、この静かな暮しの情をとげている。外物というのは、生活、具体的に言えば役職や地位や財産など、俗世間のもの。それに影響を及ぼされることなく、私ひとりが隠者の暮しを楽しんでいる。ここまでが前置きになります。陶淵明の「飲酒」の、「心遠ければ　地　自《おの》ず

幽居（唐詩選画本）

から偏なり」までがここに相当しています。

微雨　夜来過ぎ、知らず　春草《しゅんそう》　生ずるを
青山　忽《たちま》ち已《すで》に曙《あ》くれば、鳥雀《ちょうじゃく》　舎を繞《めぐ》りて鳴く

問題はこの四句です。しとしととした雨が夕べから降って、今朝はきっと春の草が萌え出ていることだろう。知らずと言っているのは、まだ寝床の中で想像しているからです。というと、このあたり、例の孟浩然の、「夜来《やらい》　風雨《ふうう》の声《こえ》、花落《はなお》つること　知《し》る　多少《たしょう》」（『新漢詩の世界』四六ページ参照）の句が思い出されます。また陶淵明にも「微雨《びう》東《ひがし》より来《き》たり、好風《こうふう》これと倶《とも》にす」の句があります。

青々とした山が、サアーッと曙けてくると、鳥どもがピーチク、ピーチクと家のまわりをめぐって鳴いている。いかにも気持のよい朝だ。夕べの雨がしっとりと辺りをうるおして、今朝は晴れあがっているだろう。このへんも孟浩然の「処処啼鳥《しょしょていちょう》を聞《き》く」の趣です。さて、もうお気づきと思います。そう、これは「飲酒　其の五」の情景の裏返しなのです。陶淵明の場合は、「菊《きく》を采《と》る東籬《とうり》の下《もと》」からの四句では、季節は秋、時刻は夕暮でしたが、ここでは、季節は春、時刻は曙です。淵明の描いた情景には、人生の真実を蔵する奥深いものが感じられましたが、韋応物のこの詩は、孟浩然の「春暁」にも通う、いかにも悠々たる高士の閑適のさまのゆかしさが感ぜられます。しかしそれにしても、その

機智とセンスにはほとほと感嘆します。

時に道人と偶《ぐう》し、或いは樵者《しょうしゃ》に随いて行く

道人は道を修業している人。たとえば、仏教の僧侶や道教の道士なども道人になります。そういった浮世を離れている人たちと並んで坐ったり、あるいは、時に樵者《きこり》にくっついて山の中に行く。偶は連れだつこと。木こりや漁師は隠者の友だちです。この二句は、隠者の生活を象徴的に述べています。

自《みずか》ら当《まさ》に蹇劣《けんれつ》に安んずべし、誰れか世栄を薄《うと》んずと謂《い》わん

自分はこの才能の拙さに、当然満足していなければならない。蹇は愚鈍。劣はおとっていること。自分は人並よりずっと劣った才能に甘んじているべきだ。一体誰が世の栄誉をうとんじなどいたしましょうか。そんなことはとんでもないことです。世栄というのは世俗のいろいろな名誉なこと。つまり、私がこのような幽居暮しをしているのは、自分の才能が拙いせいで、なにも世の中のいろいろな名誉なことをねたみ、あるいは白い目をしているのではありませんよ、ということ。しかし、初めの四句を見てごらんなさい。世間の人は皆外物に牽かれてあくせくしている、私だけが悠々閑々の生活をしていると言っているのです。とすると、この最後の二句は、痛烈な皮肉・諷刺の意になります。陶淵明の場合でいえば、人生の真意がわかりたかったら、俺と同じ生活をしてみろ、とうそぶいた、それと同じ傲然たる態度がここにもあるわけです。

以上のように、この作品は陶淵明の「飲酒　其の五」をうまく下敷にして、新しい隠逸の世界を描いてい

ます。ただ、この詩の場合は淵明の詩より二句多い。前の四句の情景の補足として、「時に道人と偶し、或いは樵者に随いて行く」の二句があるわけですが、この二句のはたらきはどうだろう、と、淵明の詩とくらべてみるのも一つの鑑賞でありましょう。

即事

青山初已曙
鳥雀出林鳴
稚竹烟中上
孤花露下明
煎茶雲繞榻
梳髪雪垂纓
偶坐無公事
東窓待日生

即事《そくじ》　新井《あらい》　白石《はくせき》

青山《せいざん》　初《はじ》めて已《すで》に曙《あ》くれば
鳥雀《ちょうじゃく》　林《はやし》を出《い》でて鳴《な》く
稚竹《ちちく》は烟中《えんちゅう》に上《のぼ》り
孤花《こか》は露下《ろか》に明《あき》らかなり
茶《ちゃ》を煎《に》れば　雲《くも》は榻《とう》を繞《めぐ》り
髪《かみ》を梳《くしけず》れば　雪《ゆき》は纓《えい》に垂《た》る
偶坐《ぐうざ》して　公事《こうじ》無《な》し
東窓《とうそう》　日《ひ》の生《しょう》ずるを待《ま》つ

（五言律詩、韻字は鳴・明・纓・生）

今の作に関連して、わが新井白石の詩を見ます。

新井白石は名を君美《きんみ》といい、例の振袖火事（明暦三年、一六五七）の年、上総久留里《くるり》（千葉県）藩主土屋家の江戸屋敷で生れました。父が土屋家を辞してからは、貧乏暮しの中で学問に励み、二十六歳の時古河（茨城県）藩主堀田家に仕えました。三十五歳で辞し、江戸に塾を開くうち、二年後、師の木下順庵の推薦により、甲府の徳川綱豊に仕えました。綱豊が六代将軍家宣になると、側近にあっておおいに力を尽し、吉宗が八代将軍になるまでは文字どおり幕府の中心人物でした。吉宗以後はもっぱら学者として著述に励み、多くの業績をあげています。詩は精巧で美しく、日本人ばなれしたものが多くあります。詩集『白石詩草』が伝わっています。

即事とは、折にふれて、の意で、ここではある早朝の一時をそのまま詠じています。

　青山　初めて已《すで》に曙《あ》くれば、鳥雀《ちょうじゃく》　林を出でて鳴く

冒頭の二句を見ますと明らかに韋応物の「幽居」です。青々とした山が今明けそめている。すると、鳥どもが林を出てピーチク、ピーチクと鳴いている。「青山　忽《たちま》ち已《すで》に曙くれば、鳥雀　舎を繞りて鳴く」と三字違うだけ。

　稚竹は烟中に上り、孤花は露下に明らかなり

ここから、「幽居」とは方向が違ってきます。稚竹は若竹のこと。今年、竹の子から伸びたばかりの青い竹が、朝もやの中にすーっと伸びている。烟はもや、かすみです。そして、ポツンと一つ咲いた花、孤花が、露にぬれた葉の中にポッと咲いている。竹が上へ伸びて縦の方向、花は地上にあって横の方向、情景描写の

対句にはよく用いられる手法です。こう縦横に描くことによって立体感をかもし出す効果があります。「幽居」の場合は春の朝をうたうことによって閑居の情を表そうとしたのに対し、この詩では、その春の朝をさらに具体的に描写して、一時《いっとき》の情を表そうとするのです。だから、この二句は初めの二句を承《う》けて、一層細かい情景がとらえられています。朝もやの中に伸びる青い竹と、露にぬれる草花、いかにも日本人的なセンスで、和歌の世界と、共通したものがあると思います。

茶を煎《に》れば　雲は榻《とう》を繞《めぐ》り、髪を梳《くしけず》れば　雪は纓《えい》に垂る

茶を煎るというのは、茶をたてることです。茶をたてますと、湯気がたちます。よい香りを含んだ湯気が、雲のたなびくように榻の辺りに漂うのです。榻は洋風に言えばベンチです。板の長い椅子。上に緋毛氈《ひもうせん》などを敷いて、野外でお茶をたてる時など、これに腰をかけます。今朝は榻に坐って茶をたてているものとみえます。髪を梳《くしけず》って、身仕度をととのえ、冠をかぶろうとすると、白髪が冠の纓《ひも》に垂れる。雪といっているのは自分の白髪《しらが》です。白髪頭を霜や雪になぞらえるのはよくある手法です。白石は役人ですから、朝早く出仕します。江戸城へ出仕前の一時、自宅の中での一コマでしょう。この二句は、湯気の雲と白髪の雪の対が洒落ています。

偶坐して　公事無し、東窓　日の生ずるを待つ

偶坐というのは並んで坐ることです。近習と並んで坐っている。唐の賀知章の有名な句に、「偶坐するは

林泉の為なり」というのがありまして、偶坐という語の響きには、閑適の味わいがあります。のんびり坐って、茶を飲み、庭を眺めている。今朝はさしたる公事もない。公事というのはおおやけの仕事、政務です。そこで、東の窓辺で日が高く昇るのを待つ、ということです。この句は、宋の程明道《ていめいどう》（顥《こう》）の「閑来《かんらい》 事《こと》の従容《しょうよう》ならざるは無《な》し、睡《ねむ》り覚《さ》むれば東窓《とうそう》日《ひ》已《すで》に紅《くれない》なり」（秋日偶成）を踏まえているでしょう。悠々閑々の心境を述べて結びます。

この作品は、韋応物の「幽居」をふまえているのですが、作者の関心の方向は、春の朝の心地よい一時、その細かい味わいにあります。作者は隠者ではなく、バリバリの政治家でもあり、その忙しい日常の中のホッとした一コマ、「公務の中の閑適」をうたった新しいテーマの詩です。

Ⅳ　詩人と人生

1　勉学のうた

漢詩の世界には、人生のいろいろな場面を詠じたものがあります。ここでは、そのいくつかを人の一生の分期にあてはめて、勉学、出仕、家族などというふうに並べてみました。

山行　示同志

路入羊腸滑石苔
風従鞋底掃雲廻
登山恰似書生業
一歩歩高光景開

山行《さんこう》　同志《どうし》に示《しめ》す　草場《くさば》佩川《はいせん》

路《みち》は羊腸《ようちょう》に入《い》りて　石苔《せきたい》滑《なめ》らかに
風《かぜ》は鞋底《あいてい》より　雲《くも》を掃《はら》って廻《めぐ》る
山《やま》に登《のぼ》るは　恰《あたか》も書生《しょせい》の業《ぎょう》に似《に》たり
一歩《いっぽ》　歩《ほ》高《たか》くして　光景《こうけい》開《ひら》く

（七言絶句、韻字は苔・廻・開）

草場佩川（一七八七―一八六七）は幕末の人です。名は韡《い》、多久（佐賀県）の人。鍋島藩の儒者の家に生まれ、後江戸へ出て古賀精里《こがせいり》に学びました。詩に優れ、生涯二万首余りを残しています。晩年は藩校の教授として子弟の教育に当たりました。その子の廉《れん》（船山）も詩人として名を成しています。

路は羊腸に入りて　石苔《せきたい》滑らかに、風は鞋底《あいてい》より　雲を掃って廻る

山登りの情景です。羊の腸は長くくねくねしているものですから、道が曲りくねっている様子を言うのに使います。山道が羊の腸のようにくねくねとめぐって、石の苔《こけ》がつるつるすべる。危険な山道です。このあたり、「箱根の山は天下の嶮」で知られる鳥居忱《まこと》の歌の、「羊腸《ようちょう》の小径《しょうけい》は苔滑《こけなめ》らか」を思い出します。あるいはこの歌詞にこの詩の句が影響を及ぼしているかもしれません。影響でもう一つ思い出しましたが、次の句、風が鞋《わらじ》の底から、雲を掃うようにしてぐるりと吹き上がってくる、というのは、夏目漱石の学生時代の詩句、「雲従鞋底湧、路自帽頭生」（雲は鞋底《あいてい》より湧き、路は帽頭《ぼうとう》より生ず）に影響を及ぼしているかもしれません。そして、これらの源としては、『唐詩選』にある、玄宗皇帝の「仙雲払馬来」（仙雲《せんうん》馬を払って来たる）や李白の「雲傍馬頭生」（雲は馬頭に傍《そ》うて生ず）あたりが意識に上ります。それにしても鞋《わらじ》の底から風が上ってくるというのはおもしろい表現です。

前の二句で山登りの様子を描いておいて、

山に登るは　恰《あたか》も書生の業に似たり、一歩　歩高くして　光景開く

山登りというのはちょうど書生の仕事に似ている。書生の仕事というのはつまり学業のことです。山登りでは一歩歩《あゆ》みが高くなると、その分だけ景色が開ける。学問もそうだ。一歩一歩進んでゆくと景色が開けるように視野が開けてくる、と。うまいたとえです。この詩は学生に示した教訓の詩ですが、このたとえがいかにもうまいので、教訓詩にありがちな押しつけがましいいや味はありません。

航西日記　其一

何須相見涙成行
不問人間参与商
林叟有言君記否
品川水接大西洋

航西日記《こうせいにっき》　其《そ》の一《いち》　　森《もり》　鷗外《おうがい》

何《なん》ぞ須《もち》いん　相《あ》い見《み》て　涙《なみだ》　行《こう》を成《な》すを
問《と》わざれ　人間《じんかん》の参《しん》と商《しょう》
林叟《りんそう》　言《い》える有《あ》り　君《きみ》　記《き》するや否《いな》や
品川《しながわ》の水《みず》は大西洋《たいせいよう》に接《せっ》すと

（七言絶句、韻字は行・商・洋）

森鷗外は文久二年、西暦一八六二年の生まれで、漱石より年が五つ上。明治七年、満十二歳で東京大学に入りました。あまり若かったので年齢をごまかしたといいます。七年間の勉学の後に医学部を卒業して軍医になりました。そして年二十二で選ばれてドイツに留学します。いわゆるエリートコースをまっしぐらに歩いた人物です。この人は今の島根県の津和野の人で、代々藩医を務めた家柄に生れ、大勢の弟や妹たちをかかえて、一家の家長として、責任感の強い人でした。おのずからこの留学の時の作品にもそういう決意が表れています。『航西日記』というのは、そのドイツへ行く船旅の日記で、漢文で書かれてあります。その中にたくさんの詩がまじっておりますので、そのうち二つばかりを見てみましょう。

明治十七年八月二十三日に東京を出発し、二十四日に横浜から船に乗っています。パリに到着したのが十月九日。その前々日の七日にマルセイユに到着しています。当時の船旅はたいへんで、太平洋からインド洋、紅海、地中海、シシリー島のそばを通って、マルセイユやパリに着くまでに一月半位かかっているわけです。「洋行」の重味がズッシリと伝わってきます。その出発の日の八月二十四日の作品です。

何ぞ須《もち》いん　相《あ》い見て　涙　行を成すを

何ぞ須いんは反語で、どうしてそんなことをすることがあろうか、いやない、という意味です。涙行を成すとは、涙が頬を伝わって流れること。お互いに顔を見合せて涙を流すことなどしなくてよい。

問わざれ　人間《じんかん》の参《しん》と商《しょう》

参と商は、星座の名前で、参はオリオン、商はさそり、この二つは絶対に同じ天空で会うことがないので、かけ違っていることのたとえに使います。このことは、第一章でも触れました。人間《じんかん》は人の世。人の世はあの参星と商星のようにかけ違ってしまう、というようなことをあれこれ言ってもはじまらない。問わざれとは、もう尋ねなさんな、の意。人生に別れはつきものだ。

林叟《りんそう》言える有り　君　記《き》するや否や、品川の水は大西洋に接すと

林叟は林のおやじさんという意味です。著者の注があります。あの六無斎《ろくむさい》といわれた寛政《かんせい》三奇人の一人、林子平《はやししへい》をいいます。林子平は「品川の水は大西洋に接す」と喝破しました。これは当時としては破天荒のセリフです。君、覚えているだろう、林子平のセリフを、なんでもない船旅じゃないか、東京港を出ればこのまま太平洋から大西洋へと行くじゃないか、と。ここにはおそらく、父母兄弟、この時はおばあさんも健在でしたし、親戚朋友、たくさん見送りに来ていたことでしょう。ちょっとおどけた調子で、林子平のセリフを引いてますが、まなじりを決する強い決意と、開けた世界へと乗り出す明治の書生の意気込みとが、背後にうかがえます。なにしろ、これは明治十七年の作なのです。

次に、到着したマルセイユでの詩を見ましょう。

航西日記　其二

回首故山雲路遥
四旬舟裏歎無聊
今宵馬塞港頭雨
洗尽征人愁緒饒

航西日記《こうせいにっき》　其《そ》の二《に》　森《もり》　鷗外《おうがい》

回首《かいしゅ》すれば　故山《こざん》　雲路《うんろ》遥《はる》かなり
四旬《しじゅん》の舟裏《しゅうり》　無聊《ぶりょう》を歎《なげ》く
今宵《こんしょう》　馬塞《ばさい》　港頭《こうとう》の雨《あめ》
洗《あら》い尽《つく》す　征人《せいじん》　愁緒《しゅうしょ》の饒《おお》きを

（七言絶句、韻字は遥・聊・饒）

十月七日に到着したところが、ちょうどその時、雨が降っていました。

回首すれば　故山　雲路遥かなり、四旬の舟裏　無聊《ぶりょう》を歎《なげ》く

頭《こうべ》を振りかえってみると、故郷の山は雲の向こうに遥かにへだたってしまった。四十日間の船の中で無聊を歎いた。それは遠い遠い船旅ですから、いい加減退屈してしまうわけです。今の飛行機の旅からみればまことにまだるっこしいことですが、四十日間の隔離された世界でのゆとり——詩を作り、絵をかき、物を思い——は、うらやましくもあります。

今宵　馬塞《ばさい》　港頭の雨、洗い尽す　征人　愁緒の饒《おお》きを

馬塞はマルセイユのこと。今晩マルセイユの港には雨が降っている。その雨が旅人の多くの愁いの糸を洗い尽すようだ。征人とは旅人のことで、自分を指します。饒（音はジョウ）は、多と同じ意味です。初めて踏む異国の地、フランスのマルセイユ。いよいよ着いたという思い。船中の無聊の間にあれこれ思い悩んだことといっさいを洗い流すように、今雨が降っている。ここにも読者は、青年鷗外の武者ぶるいを見る思いがいたします。

なお、この日の別な作品を見ますと、その時、港にはガス灯がいっぱいついていて、まるで月よりも明るかったというようなことが詠《うた》われています。明治の十七年といえば一八八四年、そのころのヨーロッパの文明が偲ばれておもしろいことです。

九月九日憶山東兄弟

王《おう》維《い》

独在異郷為異客
毎逢佳節倍思親
遥知兄弟登高処
遍挿茱萸少一人

九月九日《くがつここのか》　山東《さんとう》の兄弟《けいてい》を憶《おも》う
独《ひと》り異郷《いきょう》に在《あ》って　異客《いかく》と為《な》る
佳節《かせつ》に逢《あ》う毎《ごと》に　倍《ます》ます親《しん》を思《おも》う
遥《はる》かに知《し》る　兄弟《けいてい》　高《たか》きに登《のぼ》る処《ところ》
遍《あまね》く茱萸《しゅゆ》を挿《さ》して　一人《いちにん》を少《か》くを
（七言絶句、韻字は親・人）

この作品は王維の自注で、時に年十七とあります。王維は山西省のいなかから都の長安に十五歳のころ出て来まして、今でいう受験準備をしたのです。といっても、ただ勉強ばかりしているのではありません。上流階級の人たちに名を知られ、認められることも必要なのです。少年王維の、絵に、詩に、音楽に、とあふれる才能は、当時の王侯貴族達の間に知られずにはいず、たちまちサロンの寵児となります。年十七とか十八とかの自注のある詩がいくつかあり、当時の王維のスターぶりが偲ばれます。やがて、二十一歳という若さで、進士に合格します。

この詩は九月九日という重陽の節句に故郷を懐かしんで作ったものです。山東とは華山《かざん》の東をいいます。今の山東省を指していうのではありません。華山は都の東、函谷関《かんこくかん》のそばにある名山です。自分の故郷、山西省の蒲州《ほしゅう》（永済県）に親・兄弟がいたのです。重陽の節句にその山東の兄弟たちのことを思ったというのが題の意味です。なお、重陽の節句は登高といい、高い所へ登って邪気払いをするならわしがあります。遠く故郷を離れた人は高い所へ登って、酒を酌みつつ、故郷を懐かしみ思うということになります。

独り異郷に在って　異客と為る

自分ひとりがよその国へ来て、旅人となっている。異郷は他郷といってもよい。よその国、都のこと。異客はよその国に来ている人、英語のストレンジャーです。ここは異郷・異客という語呂合せになっています。初唐の王勃《おうぼつ》の「九月九日《くがつここのか》　望郷台《ぼうきょうだい》、他席他郷《たせきたきょう》　客《かく》を送《おく》るの杯《はい》」という句を思い出します。

佳節に逢《あ》う毎《ごと》に　倍《ま》す親《しん》を思う

佳いお節句に出逢うたびに、いよいよ自分の親兄弟を懐かしく思うのである。佳節は重陽の節句のこと。「逢う毎に」と言ったのは、去年もそうだったということでしょう。王維は十五の時に都へ上っていますから、これで三度めの重陽になるわけです。親《しん》はおやという意味ではなくて、親兄弟を含めた、はらから、一族という意味です。親兄弟と訳しておきます。ふだんでも親兄弟のことが思われるのに、故郷を懐かしむならわしになっているこの九月九日の重陽の節句になると、望郷の思いはひとしおである。

九月九日　山東の兄弟を憶う
（唐詩選画本）

遥かに知る 兄弟 高きに登る処

知るという動詞は次の句の最後までかかっています。「登高処」は、「高きに登る処」と読み、「高き処に登る」ではありません。前にも言いましたように、「登高」というのが一つの熟語になっており、これだけで高い所に登るという意味です。「処」というのは、場所ではなくて、場合をいうことばなのです。兄弟達が高い処に登ってその折に、と訳しておきます。

遍《あまね》く茱萸《しゅゆ》を挿して 一人を少《か》くを

皆そろって、茱萸を頭に挿している中に、自分一人が欠けている情景を、遥かに想像する。

茱萸は、和名「かわはじかみ」といいますが、赤い実が成り、邪気払いの働きがあると信じられております。高い所に登って、この茱萸の実を頭に挿したり、あるいは茱萸を浮べた酒を飲んだりするのです。兄弟たちはきっと頭に赤い実を挿しているでしょう。王維には一つ違いの縉《しん》を筆頭に数人の弟がおります。皆茱萸を頭に挿して、そしてたった一人欠けている一番上の兄の自分のことを偲んでいるだろうなあ、と遥かに思いやっているのです。この後半は、自分が故郷を思うというストレートな言い方ではなくて、故郷の兄弟たちが私を思ってくれているだろうなあという、ひとつひねった言い方になっています。そこにかえって強い望郷の念というものが読者に伝わってくるわけです。この手法は、高適《こうせき》が「除夜作」で「故郷 今夜 千里を思う」（『新漢詩の世界』一四八ページ参照）と真似しています。一人欠けている、それはつまり自分のことなのです。おとなの仲間入りをして、日常、王侯貴族の間でいっぱしに交際しているでしょうけれども、まだなんといっても十七ですから、その寂しさはついこういうところにでてしまいます。少年らしい素直な感情がよくでた作品です。なお、唐代の詩人で、十代の作品がこのように伝わっている例はほかにあまりありません。それだけでも王維という人物が若いころから才能をもてはやされたことがわかります。

2 出仕のうた

登科後

昔日齷齪不足誇
今朝放蕩思無涯
春風得意馬蹄疾
一日看尽長安花

登科《とうか》の後《のち》　孟《もう》　郊《こう》

昔日《せきじつ》　齷齪《あくせく》　誇《ほこ》るに足《た》らず
今朝《こんちょう》　放蕩《ほうとう》　思《おも》い涯《はて》無《な》し
春風《しゅんぷう》　得意《とくい》　馬蹄《ばてい》疾《はや》し
一日《いちにち》　看尽《みつく》す　長安《ちょうあん》の花《はな》

（七言絶句、韻字は誇・涯・花）

孟郊（七四三—八〇六）は中唐の詩人、韓愈《かんゆ》の弟子です。しかし年は韓愈より上でした。この人はしばしば試験に落第して、「落第」「又落第」という詩がいくつもあります。五十近くでようやく合格した、その嬉しさをうたったのがこの詩です。当時のインテリにとって、試験に合格するということがなんといっても人生最大の事業です。試験に合格しなければ役人として出世はできません。杜甫なども試験に合格しなかったので、長年齷齪《あくせく》しましたが、孟郊先生は五十近くまでうだつが上がらず、ようやく試験に合格しました。だから、その嬉しさはひとしおです。

昔日　齷齪《あくせく》　誇るに足らず

昔は齷齪していて、ちっとも自慢できない毎日だったなあ。齷齪ということばは今でも使いますけれども、もとは、歯と歯の間の狭いことをいう語で、転じて心の狭い、こせこせしたさまをいうのです。昔の人の詩に、「小人《しょうじん》自《みずか》ら齷齪《あくせく》、寧《なん》ぞ曠士《こうし》の志《こころざし》を知《し》らんや」という句があります。昔はいかにもうだつが上がらずこせついていたなあ。誇るに足らずとは、自慢にもならぬ、どうもお恥ずかしい、ということ。

今朝　放蕩　思い涯《はて》無し

ところがけさの試験の発表で、みごと合格。放蕩ということばは今の道楽の意味と少し違いまして、おもいのまま、気儘ということです。思い涯無し、私の楽しい思いはきわまりない。このへんがいかにも手ばなしの喜びようです、五十になろうというい い年のおじさんが、と思うとおかしくもありますが、本人にとってみると、年のことなど思わず忘れる嬉しさなのです。

春風　得意　馬蹄疾《はや》し、一日　看尽《みつく》す　長安の花試験の発表は春にありまして、春風がそよそよと吹くときに、得意になって、馬に乗って走るのです。馬に乗ってどこに行くかというと、長安の町の王侯貴族の屋敷の中の花を見るのです。その花は牡丹の花。当時、長安の都では金にあかせて牡丹の花を作ることがはやりました。牡丹は花の富貴なるものなり、というように、いかにも豪奢な花、その牡丹の花を、進士の試験に合格した人は無礼講で見ることができる、というようなならわしがあったのです。風流なならわしです。そこで孟郊先生も馬に乗って、ズカズカと王侯貴族の家に入って、一日中、長安の花を見尽すことであった。小説の中にでもでてくるような、まことにおもしろい一コマです。

なお、最後の「一日 看尽す 長安の花」は、本当の花ではなくて芸妓のことだ、という説もあります。そうしますと、合格した勢いでもって花柳街《いろまち》に繰り込んだというような意味になるかもしれません。ともかくこの作品は、天真爛漫、試験に受かったという嬉しさをそのまま出したような即興詩です。それだけに、逆に試験の苛酷さというものを、考えさせられます。後世の話ですが、ある年の合格者の中にどうも相当な年寄りがいるので、天子が年齢を聞いてみたところ、「五十年前二十五」と答えたという話があります。七十五までがんばるとはたいへんなものです。

春宿左省　春《はる》　左省《さしょう》に宿《しゅく》す　杜《と》甫《ほ》

花隠掖垣暮　花《はな》は隠《いん》たり　掖垣《えきえん》の暮《く》れ

啾啾棲鳥過　啾啾《しゅうしゅう》として　棲鳥《せいちょう》過《す》ぐ

星臨万戸動
月傍九霄多
不寝聴金鑰
因風想玉珂
明朝有封事
数問夜如何

星《ほし》は万戸《ばんこ》に臨《のぞ》んで動《うご》き
月《つき》は九霄《きゅうしょう》に傍《そ》うて多《おお》し
寝《い》ねずして金鑰《きんやく》を聴《き》き
風《かぜ》に因《よ》りて玉珂《ぎょくか》を想《おも》う
明朝《みょうちょう》 封事《ふうじ》有《あ》り
数《しば》しば問《と》う 夜《よる》は如何《いかん》と
（五言律詩、韻字は過・多・珂・何）

杜甫は科挙の試験にはついに合格しませんでしたが、安禄山の乱に、賊軍に囚われていたのを脱出し、新しい皇帝の粛宗《しゅくそう》のもとに駆けつけて、お褒めにあずかり、左拾遺《さしゅうい》という、天子の落ち度をいさめるのが職務である、わりに気のきいた官に抜擢されました。そして長安の都で、しばらくの間の宮仕えが始まります。左拾遺になって張り切りすぎて、越権行為をおかし、といっても杜甫は正義感からしたことなのですが、天子に嫌われてしまいます。一年後には、田舎に飛ばされることになります。それは後の話。とにかく四十半ば過ぎ、長年のあこがれの宮廷生活が始まって、非常に張り切って勤めたと思います。緊張した勤めぶりがよく表れた作品です。

左省とは門下省《もんかしょう》のことです。門下省は宮城の東側にありますから、東省ともいい、北を背にして（天子は常に南を向きます）左になりますので、左省といいます。左拾遺は門下省に所属し、順番で宿直をします。

花は隠たり　掖垣《えきえん》の暮れ

花は隠たりというのは、花がいっぱいに咲いて、こんもりしていることです。掖垣の掖は宮殿の小門、脇門。垣は垣根。宮殿の脇門や垣根の辺りに、日が暮れて、いっぱい咲いている花がこんもりと見える。

啾啾《しゅうしゅう》として　棲鳥《せいちょう》過ぐ

啾啾は鳥の寂しげな鳴き声。ねぐらへ帰る鳥が寂しげに鳴きながら通り過ぎてゆく。

星は万戸に臨んで動き、月は九霄《きゅうしょう》に傍《そ》うて多し

これは美しい対句です。やがて夜になります。宿直ですから、ずっと夜通し起きているのです。星はこの宮殿の数ある御殿の上に臨んで、静かに動いている。やがて月も空に浮びます。九霄というのは、天を九層に分けて、そのいちばん高い所をいう言い方です。多しとは光が多いこと。月が煌々と光を放ちながら天の高いところを渡ってゆく。なおこの二句は実景であると同時に象徴の景になっています。つまり北極星を中心に星が動く、これは天子の象徴。月が中天にかかって満ちあふれるというのも、やはり朝廷の厳かな権威の象徴となっているのです。宮殿らしい情景描写です。

寝《い》ねずして金鑰《きんやく》を聴き、風に因りて玉珂《ぎょくか》を想う

これも対句。今日は当直、夜寝ないで金の鍵の音に耳をすましている。鑰は鍵《かぎ》です。門番が金の鍵を持って、夜明けになると宮殿の鍵を開けます。その音が聞こえやしないかと、寝ないで待っている。緊張の様子です。また風が吹いてきますと、高級官僚たちが乗ってくる馬車の飾りの玉の鳴る音が聞えやしないかとおもう。玉珂は玉でできた馬の飾りです。昔は朝早く政治をとりますから、夜が明けるか明けないかに宮門が開かれて、もう高級官僚たちは参内してくるのです。この二句はいかにも緊張して朝を待つ様子、そこに、天子のおそば近くに仕える杜甫の、張り切りぶりといったものがうかがわれます。

明朝　封事有り

あしたの朝にはだいじな封事があるのだ。封事は封をして上奏するのでこういいます。杜甫は左拾遺ですから、直接天子に意見を述べることができます。その意見を書いて、それに封をする。そしてあしたにはそれを天子に上奏することになっているのです。緊張して張り切っているわけがわかりました。

春　左省に宿す（唐詩選画本）

数《しば》しば問う　夜は如何《いかん》と

何回も、今は何時ごろかと尋ねてみた。夜は如何というのは、夜はまだ明けないかと時刻を尋ねたことです。最後の二句にも杜甫らしい生真面目な様子が表れています。まだ夜が明けないか、夜が明けたら真っ先にこの封をした奉り書きを提出しようという歌です。こんなにも一所懸命なのに、認めてもらえないばかりか、たちまち飛ばされるとはほんとに気の毒で、杜甫のために同情せざるを得ません。

宮仕えにつきもの、といってはおかしいですが、一歩間違えば左遷の憂き目にあいます。その失意の情をいくつか見てみましょう。

左遷至藍関示姪孫湘

一封朝奏九重天
夕貶潮州路八千
欲為聖明除弊事
肯将衰朽惜残年
雲横秦嶺家何在
雪擁藍関馬不前
知汝遠来応有意
好収吾骨瘴江辺

左遷《させん》せられて藍関《らんかん》に至《いた》り姪孫《てっそん》湘《しょう》に示す　韓《かん》愈《ゆ》

一封《いっぷう》 朝《あした》に奏《そう》す 九重《きゅうちょう》の天《てん》
夕《ゆう》べに潮州《ちょうしゅう》に貶《へん》せらる 路八千《みちはっせん》
聖明《せいめい》の為《ため》に 弊事《へいじ》を除《のぞ》かんと欲《ほっ》す
肯《あえ》て衰朽《すいきゅう》を将《も》って 残年《ざんねん》を惜《お》しまんや
雲《くも》は秦嶺《しんれい》に横《よこ》たわって 家《いえ》 何《いず》くにか在《あ》る
雪《ゆき》は藍関《らんかん》を擁《よう》して 馬前《うますす》まず
知《し》る 汝《なんじ》が遠《とお》く来《き》たる 応《まさ》に意《い》有《あ》るべし
好《よ》し 吾《わ》が骨《ほね》を収《おさ》めよ 瘴江《しょうこう》の辺《ほとり》に

（七言律詩、韻字は天・千・年・前・辺）

韓愈（七六八―八二四）は白楽天と同時代の人です。二十五歳で進士の試験には合格したものの、上級試験に失敗し続けて出足は遅れました。中年ごろから順調に出世しまして、刑部侍郎《けいぶじろう》（今の法務次官）に昇ったとき、大きなつまずきがやってきます。そもそも韓愈は、こちこちの儒家で、孔子・孟子の学問を尊重する立場の人間です。ところがその当時、皇帝の憲宗は仏教に凝り、わざわざインドのお釈迦様の骨、いわゆる仏舎利《ぶっしゃり》を都へ迎えて、それをお祭りするというのです。それに対して韓愈は猛烈に反対し、憲宗に奉り書きをした、それが「仏骨《ぶっこつ》を論《ろん》ずる表《ひょう》」です。中国にはもともと聖賢の教えがあるのに、異国の異教を尊重するとはけしからん、という主旨です。それを見た憲宗は激怒して、ついに韓愈は流されることになりました。都を南へ出て山を越えた所に、藍関という関所があります。姪孫《おいまご》（兄の孫）の湘というのがここまで見送りにやって来まして、その湘に示したのがこの作品です。時に韓愈は五十二歳。西暦八一九年のことでした。流された先は今の広東省の潮州です。地図を見ればわかるように、たいへんな距離です。おまけに当時の潮州辺りは、それは辺鄙な所です。ですから流されたとはいうものの、生きて帰ってくることは期待できないという、ひどいものなのです。したがって、おのずからその覚悟、決意というものが詩にも滲み出てきます。

韓愈は元和四年（八一九）の正月、都を出発しました。都の南の藍田山にある藍関を越えて行くと漢水の上流に出ます。そこから船で漢水を下って今の武漢に出て長江に入り、今度は長江をずうっと下って今の九江の辺りで鄱陽湖《はようこ》に入り、それを南に抜け、贛江《かんこう》という鄱陽湖に注ぎこむ川を逆上《さかのぼ》って行きますと、五嶺《ごれい》という山脈があり、そこの大庾嶺《だいゆ》を越えますと、広東省を流れる珠江《しゅこう》という川の上流に出ます。そして珠江をずっと下って海に出、そこから海岸づたいに潮州へ行くという、たいへんな旅です。

一封　朝《あした》に奏す　九重の天、夕べに潮州に貶《へん》せらる　路八千

一封というのは、「仏骨を論ずる表」のことをいいます。封をして差し出すのでこういうのです。その「仏骨を論ずる表」を、朝、九重《ここのえ》の奥深くに奏上した。ところが、もう夕方には、かの遠い遠い八千里もある潮州に左遷されることになった。八千というのは概数で、実際には五千六百二十五里といいます。それにしても、たいへんな距離数で、今の距離になおしますと約三千キロにもなります。なお、旅の途中の別の詩にも、「我《われ》　今《いま》　罪重《つみおも》くして帰《かえ》る望《のぞ》みなし、ただちに長安《ちょうあん》を去《さ》ること路八千《みちはっせん》」というのがあります。

聖明の為に　弊事を除かんと欲す

私が「仏骨を論ずる表」を奉ったのは、聖明なる天子さまのために、まがったことを除こうと思ったのである。弊事は悪いこと、曲ったこと、仏骨を祀ることを指します。

肯《あえ》て衰朽を将《も》って　残年を惜しまんや

反語です。どうして老いさらばえた身をもって、残りの年月を惜しもうか、いや惜しもうとは思わない。残りの、といいましたが、残年は、老残の年月といったニュアンスです。ただひたすら聖明のために凶事《まがごと》を除こうと思えばこそであったが、口惜しくもそれが天子に容れられなくて、左遷されることになった。この二句は対句です。

雲は秦嶺に横たわって　家　何《いず》くにか在る

さて秦嶺山脈を越えて、ふり返ってみると雲が山に横たわってわが家はどこなのかわからない。

雪は藍関を擁して　馬　前《すす》まず

陰暦の正月十四、五日は、今の二月の末で、藍関の関所には雪がいっぱい積もっています。馬の足はしぶりがち、擁するとはかかえることですから、雪が藍関をとり囲んでいる感じです。前という字は動詞で、乃木将軍の「金州城下の作」(『新漢詩の世界』一七〇ページ参照)にも「征馬前《すす》まず」とあります。行く手の難儀を暗示いたします。この二句も対句です。

知る　汝が遠く来たる　応《まさ》に意有るべし

おまえが遠くここまで追って来たのはきっと何か訳《わけ》があるんだろう、私は知っているよ。汝といっているのは姪孫の湘です。韓愈は子どものころ、お父さんに死なれまして、兄さん夫婦に養われ、その兄さん夫婦の子供と韓愈とはまるで兄弟のように暮していたのです。兄さんも死んだあとは二人とも嫂《あによめ》に育てられました。その兄弟のように育った四つ年下の姪《おい》(なお漢語では姪はおい、めいのことは姪女《てつじょ》といいます)は韓老成というのですが、韓愈より先に死んでしまい、その残された子が湘です。ですから普通の親族と違い、ひとしお肉親の情があるものと思います。その湘が、ここまで追いかけて見送りに来たのです。お前が遠くここまで見送りに来てくれたのは必ず訳がある、それは、私は知っている。

好し 吾が骨を収めよ 瘴江《しょうこう》の辺《ほとり》に

よし、それでは私の骨を、あの毒ガスのたちこめる川のほとりで拾っておくれ。瘴は、毒気をいいます。昔の人は南の方の川には毒気がたちこめると思っていました。今でいえばマラリアのような風土病を指していたらしいのですが、北の人間が南に行きますと、必ずそういう病気になって死んでしまう。自分も潮州まで行けば生きて帰れない、そうしたらきっと私の骨を拾っておくれ、お前はそういう覚悟で来てくれているのだろうね、というのです。

この作品は左遷された悲痛な感慨、死を決した覚悟というものが、激しい表現でうたわれており、硬骨漢韓愈の面目躍如たる傑作です。

なお、このように悲痛な決意で行った潮州でしたが、韓愈にとって幸いなことに、憲宗が翌年にわかに死に、また都へもどることになりました。

聞白楽天左降江州司馬　　元《げん》　稹《じん》

残灯無焔影幢幢
此夕聞君謫九江
垂死病中驚起坐

白楽天《はくらくてん》の江州司馬《こうしゅうしば》に左降《さこう》せらるるを聞《き》く

残灯《ざんとう》　焔《ほのお》無くして　影幢幢《かげとうとう》
此《こ》の夕《ゆう》べ　君《きみ》が九江《きゅうこう》に謫《たく》せられしを聞《き》く
垂死《すいし》の病中《びょうちゅう》　驚《おどろ》いて起坐《きざ》すれば

暗風吹雨入寒窓

暗風《あんぷう》　雨《あめ》を吹《ふ》いて　寒窓《かんそう》に入る
（七言絶句、韻字は幢・江・窓）

元稹（七七九―八三一）は字を微之《びし》といい、白楽天の無二の親友です。白楽天より七つ年が若いのですが、一緒に上級官吏の試験に合格して親友になりました。この時、元稹は一等、白楽天は四等だったといいます。この二人が手を取りながら新しい風を起した、これがいわゆる元白体《げんぱくたい》で、誰にもわかりやすい、力強い詩風です。

元稹は、体が弱く、白楽天に先だって死にますが、この時も病気でした。これは元和十年（八一五）に白楽天が、朝廷の中の勢力争いから、憎まれて江州司馬に流された時、その流された報せを聞いてうたったものです。江州というのは今の江西省九江、昔の潯陽《じんよう》。そして本人の元稹はというと、その五年前に朝廷を追われて、この時通州（四川省）に流されていました。自分も流され、親友も流された、しかも今自分は重病と、こういうような情況で作られたので、悲痛な作品となっています。

残灯　焔《ほのお》無くして　影幢幢《とうとう》

消えかかった灯火は焔もなく、影がゆらゆらゆらめく。幢幢は安定しないさまで、影がゆらめいていることです。まず第一句、不気味な、不吉な夜の情景。

此の夕べ　君が九江に謫せられしを聞く

この寂しい夜に、君が九江に謫せられた悲しい報せを聞いた。謫というのは左遷のこと。

垂死の病中　驚いて起坐すれば、暗風　雨を吹いて　寒窓に入る

今自分は死にかけの病気の中、悲しい報せを聞いて、驚いて思わず起き上がった。垂死の垂は、なりかけていること、死にかけている、つまり重態です。もともと体が弱い上に、ここはじめじめと気候も悪く、病気がちでした。実際は、元稹はこの時三十七歳で、まだ死にはしませんでしたが、左遷も五年になって、相当まいっていたと思われます。重態の身も忘れて、思わずガバと起きた。すると、暗い夜風が雨をまじえて吹いて、今自分のいる寒々とした窓辺に入り込んでくるのであった。暗風は夜の風。寒窓は粗末な家の寂しい窓。実際には、役人ですから、そんな粗末な所に住んでいるわけではないんですけれども、左遷されていますので、寒窓と言ったのです。心理的なものを表しているといってよいでしょう。その報せを聞いた夜、雨まじりの風がゴーッとばかりに私の窓に吹きつけてきた。ただでさえ悲しい気持でいるところに、追い討ちをかけるように悲しい風

白楽天の江州司馬に左降せらるるを聞く
（唐詩選画本）

が吹いてきた。ものすごい詩です。いかにも親友の悲しい報せを聞いての驚きがあふれた作品です。ただ、残灯、焰無し、影幢幢、謫せられる、垂死、病中、驚く、暗風、寒窓と、一連の悲しみをそそる方向を表すことばが多く、やや表現過多かとも思いますが、かえってこの詩の場合には、いつわらざる、ありのままの驚き、悲しみが胸の奥から湧き出たというような感じになっており、それだけに迫力があるともいえましょう。この詩をもらった白楽天は手紙の中で、「この詩は他人でも聞くにたえないほど、まして当の僕はなおさらだ」と親友の情に感激しています。

さて、時には左遷ではすまないで、牢獄に入れられるような苛酷なめにあう場合もあります。

獄中作

夜深人定四隣閑
短燭光寒破壁間
無限愁情無限恨
思君思父涙潸潸

獄中《ごくちゅう》の作《さく》　高杉《たかすぎ》　晋作《しんさく》

夜深《よるふか》く　人定《ひとさだ》まりて　四隣閑《しりんしず》かなり
短燭《たんしょく》　光《ひかり》は寒《さむ》し　破壁《はへき》の間《かん》
無限《むげん》の愁情《しゅうじょう》　無限《むげん》の恨《うら》み
君《きみ》を思《おも》い　父《ちち》を思《おも》って　涙潸潸《なみださんさん》

（七言絶句、韻字は閑・間・潸）

高杉晋作（一八三九―一八六七）は一名を春風《はるかぜ》といい、号は東行《とうぎょう》といいます。衆知のとおり吉田松蔭の門下の逸材です。この作品は、元治元年（一八六四）藩令を犯したかどで萩の野山の獄につながれた時のものです。時に晋作二十六歳。なお幕末には「獄中の作」という詩がたくさんありますが、だいたいは感情が過度に表され、ことばも生硬で、詩としては優れたものは少ないようです。その中で、これは傑出した作であると思います。

夜深く 人定まりて 四隣閑《しず》かなり

夜もふけて人もやすみ、辺りはシーンと静かになる。人定まるは寝静まること。獄中にただ一人思いに沈んでいる。

短燭 光は寒し 破壁の間

短い燭台の光が寒々としていて破れた壁のところに冷たい光をさしている。短燭は、粗末な燭台です。破壁は壁が破れくずれていること。これによって獄中の情景が端的にとらえられています。寒々とした獄の中。

無限の愁情 無限の恨み

きわまることのない愁いの気持。きわまることのない恨み。愁情のほうはどちらかというと私的な感情を、恨みのほうは公的な憤りをいうもののようです。

君を思い 父を思って 涙潸潸《さんさん》

この君というのは藩主毛利定広を指すでしょう。当時、第一次長州征伐が行われ、藩主は罪を問われて幕府の追討をうけ、一方、英・仏・蘭・米の艦隊が下関《しものせき》に迫るという情勢でした。獄中にあった晋作はいてもたってもいられない気持だったと思います。父は春樹といって百五十石取りの上士で真面目な人。やんちゃ息子はいつも父に心配をかけていたのです。潸潸は涙がとめどなく流れるさま。

この作品は獄中にあっての、ごく自然な気持が淡々とした筆使いのうちにでている、そこによさがあると思います。獄中の作は、どうしても肩肘張ってしまいがちです。そこには本当の気持というよりは、悲壮ぶったり、英雄気取りだったりする外向けの雄叫びがうたわれます。その中で、この高杉晋作の作品は人間らしい、いわゆるしみじみとした心情が漂っているだけに、そこにかえって人をうつものがあると思います。肩肘張った作品というのはことばは激しくても、うつものは少ないのです。

3　愛と家族のうた

桃夭

桃之夭夭
灼灼其華
之子于帰
宜其室家

桃之夭夭
有蕡其実
之子于帰
宜其家室

桃《とう》夭《よう》　無《む》名《めい》氏《し》

桃《もも》の夭夭《ようよう》たる
灼灼《しゃくしゃく》たる其《そ》の華《はな》
之《こ》の子《こ》　于《ゆ》き帰《とつ》ぐ
其《そ》の室家《しっか》に宜《よろ》しからん

桃《もも》の夭夭《ようよう》たる
蕡《ふん》たる其《そ》の実《み》有《あ》り
之《こ》の子《こ》　于《ゆ》き帰《とつ》ぐ
其《そ》の家室《かしつ》に宜《よろ》しからん

桃之夭夭
其葉蓁蓁
之子于帰
宜其家人

桃《もも》の夭夭《ようよう》たる
其《そ》の葉《は》　蓁蓁《しんしん》たり
之《こ》の子《こ》　于《ゆ》き帰《とつ》ぐ
其《そ》の家人《かじん》に宜《よろ》しからん
（四言詩、韻字は華・家」実・室」蓁・人」）

今度は結婚の歌です。『詩経』の詩は、古代人の生活の中からうたわれた歌がいろいろあります。『詩経』の詩の舞台になったのは黄河の流域の諸国ですから、その厳しい自然環境を反映して、概して言えば、地味で暗いものが多い。その中で、この歌は非常に明るいものの一つです。

桃の夭夭たる、灼灼たる其の華

『詩経』の詩の題は、詩の最初の二字を取ってつけるのがならわしです。ここでは「桃之」の「之」の字が軽い意味の字なので、次の「夭」と合わせて「桃夭」としたものです。なおこの詩は、全部で三章、一章は四句、一句は四字でできておりますが、これが『詩経』の典型的な形式の一つなのです。

夭夭とは、若々しいこと。灼灼とは、美しく盛んなさま。若い桃が花をたくさんつけて美しいさまを、まずうたいます。

冒頭の二句は桃の花をうたい、次に娘の嫁入りをうたいます。

之《こ》の子 于《ゆ》き帰《とつ》ぐ、其の室家に宜しからん

之の子は娘のこと。于き帰ぐは、「于《ここ》に帰ぐ」と読むのもあります。お嫁にゆくことを帰《き》といいます。其の室家とは相手の家のことで、相手の家にうまくゆくだろう、嫁としてちゃんとやってゆくだろう、という意味です。

このように、まず桃の若々しさをうたい、次に娘の嫁入りをうたうのは、桃が娘の嫁入りの象徴としてとらえられているわけです。これは『詩経』独特の表現形式で、「興《きょう》」といいます。以下、見ていけばわかりますが、桃が花開き、実が成り、葉が茂る、とうたうことに、娘の運命が暗示されるのです。これは、娘は桃のように美しい、という比喩とは違います。そういうのは「比」といいます。「興」とは、それとない比喩とでも言いましょうか、象徴的なうたいかたなのです。「暗喩《あんゆ》」といいます。

桃の夭夭たる、蕡《ふん》たる其の実有り
之の子于き帰ぐ、其の家室に宜しからん

蕡とははちきれるように充実したさま。蕡たる其の実とは、娘がお嫁に行ってよい子をたくさん生むことを象徴していると考えられます。後半の二句は一章とほとんど同じですが、室家が家室となっているところだけ違います。これは韻の関係です。一章は「華・家」、二章は「実・室」となっています。

若々しい桃、ふっくらとした実、この娘が嫁にいけば、相手の家とうまくゆくだろう。

桃の夭夭たる、其の葉蓁蓁《しんしん》たり
之の子于き帰ぐ、其の家人に宜しからん

桃が若々しい、葉が盛んに茂っている、この娘が嫁にいけば、相手の家の人とうまくゆくだろう。蓁蓁は葉の盛んに茂るさま。一家繁栄の象徴であること、もう言うまでもないでしょう。家人といったのは「蓁・人」と韻をそろえたもの。

このように、言葉を少し変えただけの、繰り返しの多いうたいぶりも『詩経』独特のもので、古代人の素朴な情趣が伝わる心地です。この詩について昔の注釈では、皇后の徳をたたえたものである、などといいますが、見たとおりの、明るい娘の嫁入りの歌、とすべきでしょう。これを中国語で読みますと、四字の、四拍子の調子がでて、古代社会において、村人たちの手拍子に送られてお嫁にゆく美しい娘の姿が彷彿としてくるようです。

江楼書感
独上江楼思渺然
月光如水水連天
同来翫月人何処

江楼《こうろう》にて感《かん》を書《しょ》す　　趙《ちょう》　嘏《か》
独《ひと》り江楼《こうろう》に上《のぼ》れば　思《おも》い渺然《びょうぜん》たり
月光《げっこう》　水《みず》の如《ごと》く　水《みず》　天《てん》に連《つら》なる
同《とも》に来《き》たって月《つき》を翫《もてあそ》びし人《ひと》は何《いず》れの処《ところ》ぞ

風 景 依 稀 似 去 年

風景《ふうけい》　依稀《いき》として去年《きょねん》に似《に》たり

（七言絶句、韻字は然・天・年）

趙嘏は晩唐の詩人です。会昌二年（八四三）に進士の試験に合格し、名士と交りを結びました。その詩「長安晩秋」の、

残 星 数 点 雁 横 塞　　残星数点《ざんせいすうてん》　雁《かり》　塞《さい》を横《よこ》ぎる
長 笛 一 声 人 倚 楼　　長笛一声《ちょうてきいっせい》　人《ひと》　楼《ろう》に倚《よ》る

の句は杜牧の称賛を得、この句を取って趙倚楼《ちょういろう》と呼ばれるほどで、名士の間に詩名をうたわれましたが、官位は思うように進みませんでした。

独り江楼に上れば　思い渺《びょう》然《ぜん》たり

独りわびしく川に臨んだ高殿《たかどの》に登ると、思いは渺然、果てしもなく広がる。

月光　水の如く　水　天に連なる

月の光がさやさやとしていて、まるで水のよう。そして見下ろす川の水はずっと向こうのほう、天に連なって流れている。楼から見る川は大きな川です。それがずっと向こうの方では空と接している。空では月の

光が冴えざえと白い。秋の気配です。中国では日本の詩歌のようにはっきりした季節感を必ずしも表さないことがありますが、このあたりは明らかに秋の雰囲気です。秋の静かな月の光の中で、高殿に上って思いにふけっているその詩人の姿。その思いがなんであるか。

同《とも》に来たって月を翫《もてあそ》びし人は何《いず》れの処ぞ

一緒にここへやって来て月をながめたあの人は、どこへ行ったのだろう。翫ぶとはながめ賞《め》でること。ですからこの月は中秋の名月と思います。今日さし上った中秋の名月。去年は二人でここへ来たのです。

風景　依稀《いき》として去年に似たり

この月の光の情景はまるで去年と同じようだ。依稀は、彷彿と同じで、よく似たさま、またおぼろなさまをいいますので、去年の情景がまぼろしのように、眼前にたちかえってくる、という感じになります。ああ、しかし去年と違うのは、去年いっしょに見た人は今いないのです。

この人は誰か、というのが問題なのですが、次のような話があります。作者には美しい愛人がいましたが、試験のために都へ行っている

江楼書感（唐詩選画本）

間に、この地方の長官に見そめられてつれて行かれてしまいました。趙嘏はその翌年合格しましたが、その知らせを聞いて悲しみにたえられず、一首の詩を作ったところ、その長官に伝わりました。その人も詩心があったので、詩を見て感動し、美人を都へ送りとどけてやりました。趙嘏はちょうど、赴任のため都から関所を出て、ある宿場まで来たところで、都へ向かっていた愛人とバッタリ再会、感激の余り抱き合って泣き、二晩してその美人は死んでしまいました。趙嘏は泣く泣く宿場の傍らに葬ったのですが、このことを生涯忘れることができず、臨終のときもその人の姿が現れたといいます。どうもこの詩は全体のムードが亡き愛人を偲ぶふうで、あるいは、この話の女性が、その思う人かもしれません。

夜雨寄北

君問帰期未有期
巴山夜雨漲秋池
何当共剪西窓燭
却話巴山夜雨時

夜雨《やう》　北《きた》に寄《よ》す　　李《り》　商隠《しょういん》

君《きみ》　帰期《きき》を問《と》う　未《いま》だ期《き》有《あ》らず
巴山《はざん》の夜雨《やう》　秋池《しゅうち》に漲《みなぎ》る
何《いず》れか当《まさ》に共《とも》に西窓《せいそう》の燭《しょく》を剪《き》って
却《かえ》って巴山《はざん》夜雨《やう》の時《とき》を話《はな》すなるべし

（七言絶句、韻字は期・池・時）

李商隠（八一二—八五八）は温庭筠《おんていいん》と並んで「温李」の称のある晩唐を代表する詩人です。

この作品は作者の四十歳過ぎのころ、蜀の地、今の四川省にいた時の作品です。柳仲郢《りゅうちゅうえい》という人が蜀地に節度使として鎮した時、書記に招かれて来たのです。北というのは都の方角です。都の長安にいる人、これは妻と考えるのが普通ですが、愛人かもしれません。

夜雨北に寄す（唐詩選画本）

君 帰期を問う 未だ期有らず

あなたは私の帰る時を尋ねるが、まだ帰る時はこないんだよ。

期有らずとは、帰る時期にならないこと。李商隠は蜀地に五年おりました。

巴山の夜雨 秋池に漲《みなぎ》る

ここ巴山の辺りには今、夜雨が降って、秋の池に水が満まんとみなぎっている。巴山は蜀の地にある山、今自分のいるところです。陝西《せんせい》省との間にあり、この山の向こうは都のある秦の地です。折しも秋の雨がしとしとと降っていて、しんみりした気分です。

何《いず》れか当《まさ》に共に西窓の燭を剪《き》って、却って巴山夜雨の時を話すなるべし

何れか当にというのは、いつになったら……なんだろう、とい

う推量です。燭を剪るとは灯火の芯《しん》を切ることです。昔の灯火はお皿に油をみたし、芯を入れ、それに火をつけます。芯がだんだん黒くなると明るくなくなりますので、その黒くなった芯を切って新しい芯を出すのです。いっしょに西の窓辺で燭台の芯を剪りながら、かえって巴山に夜の雨の降っていたことを話すのは、一体いつのことだろうなあ。何れか当には最後までかかります。このあたりは、杜甫の「月夜《げつや》」という詩に、「何《いず》れの日《ひ》か虚幌《きょこう》（明かりとりの窓）に倚《よ》りて、双《なら》び照《て》らされて涙痕乾《るいこんかわ》かん」と、妻と並んで月を看る日を夢想する句が影を落としているでしょう。

この詩のおもしろみは、今、巴山に雨が降っている、その今降っている巴山の雨のことを、過去のこととして思い起す日を想像しているところです。却って、という語に重みがあります。「巴山夜雨」の語が二度使われているのが印象的です。一つは現実の情景、一つはそれが過去となった情景として提示されています。これは賈島の「桑乾を度る」の「并州」が第一句と第四句に二度使われているのとよく似た趣向です（二三六ページ）。賈島の詩にヒントを得たのかもしれません。こちらのほうは四字の語が二度出るだけに、より強い印象を与えます。

ああ、あのころは巴山に雨が降っていたなあ、恋しかったよ、というようなことを、寝物語に言えるようになる日が、早くこないかなあ、という屈折した表現の裏に、切ない気持が強く表れていると思います。

李商隠という人は、たいへん愛情関係の複雑な人で、してはならない恋もしたようです。そもそも、彼の妻というのが、初め目をかけてくれた恩人のライバル方の娘だったので、裏切り者という烙印を捺《お》されて、彼は官界をしくじったといいます。また、上役のかわいがっていた妾に横恋慕したこともあります。そういう秘密の恋を匂わせるような詩もいくつかあります。いわば、唐の詩人としては珍しく恋を重視した人なのです。

この女性も妻と考えるよりもひそやかな恋人を考えたほうが味わい深いと思います。というのは、全体になんとなくなまめいたムードが漂う感じがするからです。その主な部分は「西窓の燭を剪る」というところ、西の窓は女性の部屋を暗示します。『西廂記《せいそうき》』(廂は棟の意)という戯曲もありますが、女性は西の棟にいるものです。これが東窓や北窓だったらこういうムードはでません。その女性の部屋でしみじみと燭の芯を切りながら……となると、そこにひそやかなものが感じられ、二人の関係が暗示されるようです(この時、すでに李商隠の妻は亡くなっていた、という説もあります)。

今は冷たい雨であるだけに、西窓の燭を剪る想像の情景がまことに対照的であり、作者の切ない心が強く迫ってきます。恋の詩人李商隠には、こう見るほうが自然でしょう。

送別

水柔逐器知難定
雲出無心肯再帰
惆悵春風楚江暮
鴛鴦一隻失群飛

送別《そうべつ》　魚《ぎょ》　玄機《げんき》

水《みず》は柔《やわ》らかにして器《き》を逐《お》い　定《さだ》め難《がた》きを知《し》る
雲《くも》は出《い》でて無心《むしん》にして　肯《なん》ぞ再《ふたた》び帰《かえ》らんや
惆悵《ちゅうちょう》す　春風《しゅんぷう》　楚江《そこう》の暮《く》れ
鴛鴦一隻《えんおういっせき》　群《ぐん》を失《うしな》って飛《と》ぶ

(七言絶句、韻字は帰・飛)

魚玄機（八四三―八六八）は中国の詩の歴史の中できわだって優れた女流の詩人です。長安の妓楼の娘ですが、本当の娘ではなく、よく昔はあった、容色の美しい娘を養女として養っている、そういう娘であったようです。非常に美人でしかも恋に生きるタイプの情熱的女性でした。やがて毛並のよい高級官僚の李億《りおく》という人物と愛し合って、妾としてひかされます。妓楼の娘としては玉の輿に乗ったわけですが、しかし奥さんにやきもちをやかれたり、あるいは途中で李億の心変りがあったりして、最後は尼さんになります。ところが尼さんになっても、本当に信仰にうちこむために尼さんになったのではなく、世間態からなったわけで、依然として恋の道はやみません。ある男を愛したところが、自分の使っていた小間使いがどうもその男と通じたらしい、と邪推して、その小間使いを裸にして鞭でうち殺してしまいます。それを庭に埋めておいたのが発覚しまして、とうとう魚玄機は死刑になってしまいました。二十六歳という若さでした。あたら美人が死刑になったということは、当時都の評判となったとみえて、これについての細かい物語が伝わっています。それをもとにしたのが森鷗外の『魚玄機』という小説です。鷗外はかなり忠実に魚玄機の物語によってその小説を書いていますが、李億が洞庭湖の方に赴任した時に、魚玄機が途中までついて行くところ、つまり、この作品の背景になっている事実を省いております。

この作品は魚玄機が愛人の李億について、漢水を下っていっしょに赴く途中、棄てられてしまった、その時の作品です。

水は柔らかにして器を逐《お》い　定め難きを知る

水は柔らかなもので、四角い器なら四角く、円い器なら円くなる。器を逐ってとは器の形によっての意。「水は方円の器に随う」ということわざがありますが、これは『韓非子』にある語に基づいたものです。水は器しだいで形が変わり、定めがたいということがわかった。ここでは何を言いたいのかというと、水は悲しい女の自分のこと、器は男のこと。女は男次第だということがしみじみわかったのです。

雲は出《い》でて無心にして　肯《なん》ぞ再び帰らんや

雲は山の洞穴からなんの心もなくフウーッと湧き出てくる。この句は陶淵明の「帰去来の辞」の「雲《くも》は無《む》心《しん》にして以《も》って岫《しゅう》を出《い》づ」という句をふまえています。「肯ぞ再び帰らんや」ということによってこの雲はふわふわととらえどころのない相手の心をいっていることがわかります。無情なあなた、雲のような無心なあなた。どうして再び帰ろうか、もう再び帰って来ることはない。この二句は対句です。このあたりの句作りのうまさは、魚玄機の才能の非凡さを表していると思います。

惆《ちゅう》悵《ちょう》す　春風　楚江《そこう》の暮れ

ああ嘆かわしい。春風の吹くこの楚の川の夕暮。漢水の下流の方は、昔は楚の国でしたから楚江といいます。今、自分は棄てられて武昌《ぶしょう》の街に来ている。武昌の街の夕暮、春風は皮肉にもそよそよと吹いてくる。武昌は漢水と長江の合流点に当たる都市、今の武漢市です。

鴛鴦《えんおう》一隻《いっせき》群を失って飛ぶ

ふと見ると、あの夫婦仲のよいというおしどりが、一羽だけ群からはずれて飛んでいるではないか。これは言うまでもなく、今の自分をいうものです。あれほど仲よく都から連れだってここまでやって来たのに、どういうわけか棄てられてしまった。実は船でここに来るまでは非常に仲がよかったのですが、李億はちょっと用があるといって上陸したまま帰って来なかった。そのまま任地へ行ってしまったのです。彼女は後を追いかけるわけにもいかず帰るに帰れず、一年ばかりも武昌にいて都へもどり、尼になりました。人にうらやまれて出てきただけに、恥ずかしいやら口惜しいやら、その気持は察するに余りあります。

この詩は女性らしいきめの細かい表現によって女心の悲しさが、滲み出ています。むき出しではない、抑えられた情がかえってやるせなく、詩の品を感じさせます。

なお、ついでに言いますと、唐の時代に女性で最も活躍したのは、芸妓です。魚玄機と並び称される女流詩人の薛濤《せっとう》もそうです。この当時、だんだん女性は家庭にひっこんで、たとえば高級官僚の夫人などでも、字が読めないのは普通のことでした。社交の場に出ないから必要ないわけです。その中で芸妓は、高い教養を身につけて、詩人や官僚の相手をしたのです。ですから、当時の女流詩人はほとんどが妓女でした。

人面桃花

人面桃花《じんめんとうか》　崔《さい》　護《ご》

去年今日此門中

去年《きょねん》の今日《こんにち》　此《こ》の門《もん》の中《うち》

人面桃花相映紅
人面祇今何処去
桃花依旧笑春風

人面桃花《じんめんとうか》　相《あい》映《えい》じて紅《くれない》なり
人面《じんめん》祇《た》だ今《いま》　何《いず》れの処《ところ》にか去《さ》る
桃花《とうか》は旧《きゅう》に依《よ》りて　春風《しゅんぷう》に笑《え》む
（七言絶句、韻字は中・紅・風）

この詩は唐の孟棨《もうけい》の『本事詩《ほんじし》』という、詩物語の中にでてくるものです。崔護という美少年が試験を受けに都に来ていました。清明節《せいめいせつ》（春分後十五日め、四月の三日ごろ）のこと、うらうらとした春の日和に誘われて郊外に遊びに出かけますと、桃の花のきれいな一軒の家がある。トントンとたたくと中から娘が出てきて、「どなたですか」と聞きます。崔護は名をなのり、「のどが渇いたので水をください」と所望します。娘は門を開き、崔護を中へ請じ入れ、水をさし出します。娘は桃の花の枝によりかかって、まことになまめかしい。お互いに見つめ合って、心が引かれるのですが、結局そのままなんということもなく別れてしまいます。一年経ちまして、また清明節となり、ふと去年の娘のことを思い出しました。情をおさえられず崔護は真っ直ぐに一年前のあの家に来ますと、家はもとのままだが、門が閉ざされています。そこで扉に詩を書きつけました。それがここに掲げた詩なのです。

去年の今日　此の門の中、人面桃花　相い映じて紅《くれない》なり

去年の今日、この門の中で、人の顔と桃の花びらが両方照り映えて赤く美しかった。人面というのはその

娘の顔です。清明節といえばちょうど春の真っ盛り。桃の花が満開です。

人面祇《た》だ今　何《いず》れの処にか去る

ところが、その美しい顔の娘は今どこに行ってしまったのだろう、

桃花は旧に依りて　春風に笑《え》む

桃の花だけが去年と同じように春風に笑って咲いている。

味わいがどうというのではなく即興的な詩です。この詩を扉に書きつけて帰り、その後数日経って、たまたま用でその辺りを通りました。すると家の中から泣き声が聞えてきます。戸を叩いてみると一人の年老いた人が出てきて、「あなたは崔護様ではありませんか」と言う。「そうです」と答えますと、「あなたは私の娘を殺しました」、と意外なことを言います。一体何ごとかと問うと、その老人の言うに、私の娘は去年あなたに会って、すっかり一目惚れをしてしまいました。先日ちょうど外に出て帰ってみると、門の扉のところに字が書いてある。それを見てからすっかり病みつきまして、絶食をして数日、今日死んでしまったのです。これでもあなたが私の娘を殺したのじゃないのですか、と。崔護のほうもそうとは知らなかったものですから感動して泣きます。その亡きがらはまだベッドの上にありますので、頭をもち上げて祈って、「私はここにいるぞ」、「私はここにいるぞ」と言いますと、しばらくすると目があいて、半日ほど経って生きかえりました。父は大いに喜び、娘を崔護にとつがせた、というおもしろい話です。なお、この話に基づきまし

て、「人面桃花」という芝居もできています。

責子

白髪被両鬢
肌膚不復実
雖有五男児
総不好紙筆
阿舒已二八
懶惰故無匹
阿宣行志学
而不愛文術
雍端年十三
不識六与七
通子垂九齢
但覓梨与栗
天運苟如此
且進杯中物

子《こ》を責《せ》む　陶《とう》淵明《えんめい》

白髪《はくはつ》　両鬢《りょうびん》に被《おお》い
肌膚《きふ》　復《ま》た実《み》たず
五男児《ごだんじ》有《あ》りと雖《いえど》も
総《すべ》て紙筆《しひつ》を好《この》まず
阿舒《あじょ》　已《すで》に二八《にはち》
懶惰《らんだ》　故《もと》より匹《たぐ》い無《な》し
阿宣《あせん》　行《ゆ》くゆく志学《しがく》にして
而《しか》も文術《ぶんじゅつ》を愛《あい》せず
雍《よう》　端《たん》　年十三《としじゅうさん》
六《ろく》と七《しち》とを識《し》らず
通子《つうし》　九齢《きゅうれい》に垂《なんなん》として
但《た》だ梨《なし》と栗《くり》とを覓《もと》むるのみ
天運《てんうん》　苟《いやし》くも此《かく》の如《ごと》くんば
且《しばら》く杯中《はいちゅう》の物《もの》を進《すす》めん

（五言古詩、韻字は実・筆・匹・術・七・栗・物）

陶淵明には男の子が五人いて期待をかけたのですが、皆ぼんくらで、そのぼんくらの子どもたちをふざけ半分で怒ってうたった詩です。浮世を離れて悠々としているような哲人にもこの泣きどころがあったかと思うと、なんとなく愉快な気がいたします。

　白髪　両鬢《りょうびん》に被《おお》い、肌膚　復た実《み》たず

白髪が両の鬢のあたりにかぶさってくるような年になった。肌はもはやみずみずしくはりきることはない。実は充実の意です。年をとると皮膚がかさかさになります。ちなみにこの詩を作った時、彼は数え年で四十四歳でした。

　五男児有りと雖も、総《すべ》て紙筆を好まず

五人の男の児がいるけれども、そろって紙や筆が好きでない。紙や筆とはつまり勉強のことになります。勉強がきらいな五人の子ども。

　阿舒《あじょ》已《すで》に二八《にはち》、懶惰《らんだ》故《もと》より匹《たぐ》い無し

阿舒は長男の名前ですが、阿は日本語の「お」とか、「～ちゃん」というのに似ています。たとえば、女の子のことを「おくに」とか「おふみ」とかいう「お」です。なおこの名前は幼名で、長男の本名は儼《げん》というのです。二八《にはち》は二八《にはち》の十六《じゅうろく》のこと。長男はもう十六にもなるが、ひどい怠け者。懶惰は、怠惰と同じ、怠けもののこと。故は、まったくの意、強調です。匹は、類と同じく仲間という意味で、くらべもののないくらいの怠け者だということです。

阿宣《あせん》 行くゆく志学にして、而《しか》も文術を愛せず

次男の宣ちゃんはもうすぐ志学になる。志学というのは、『論語』の「吾《わ》れ十有五《じゅうゆうご》にして学《がく》に志《こころざ》す」という句からでたことばで、十五歳をいいます。行くゆく志学ですから、今は十四歳です。なお阿宣の本名は俟《し》といいます。孔子が十五歳で学問に志をたてたというその年にもうすぐなろうというのに、而もは、逆接です。それなのに勉強どころのさわぎではない。学問が大きらいである。

雍端年《ようたんとし》十三、六と七とを識らず

雍と端ともに十三歳。三男の雍は本名は份《ふん》。四男の端は本名は佚《いつ》。どちらも十三歳というのは、双児という考え方と、妾腹の子だという考え方がありますが、私は後者だと思います。陶淵明に妾がいたらけしからんという考え方をする人もいますが、彼も貴族ですから当時の普通の習慣で妾（複数の夫人）はいるのがあたりまえです。したがってこのように同じ年の子がいても不思議ではありません。この二人の子どもが、六も七も知らないという。本当ならばたいへんですが、六と七は足して十三になりますので、年が十三という

ことから、ふざけて言ったものと思います。

通子《つうし》九齢《きゅうれい》に垂《なんなん》として、但《た》だ梨と栗とを覓《もと》むるのみ

五男の通ちゃんは九歳になろうとしている。垂《なんなん》とすは、なりなんとすの音便で、……になろうとするということです。だから今は八つです。このあたりの表現をみますと、この詩を作ったのは年末に近いころと思います。年齢はすべて数え年です。先ほどにも「行くゆく志学」と言いましたし、ここでも「九齢に垂とす」と言っています。また梨とか栗とかでてきますのも季節を表しています。末っ子の通は本名は佟《とう》といいますが、これがもうすぐ九つというのに、求めるものは梨やら栗やらだと。勉強どころじゃないのです。以上のように五人の男の子が上は十六から下は八つまでそろっているのですが、これが皆どうしようもないぼんくら。

天運 苟《いや》しくも此《かく》の如くんば、且《しばら》く杯中の物を進めん

天が私にあたえた運命がもしもこのようであるならば、まあまあ仕方がないから、杯の中のもの、すなわちお酒でも飲もうかい。このように最後はあきらめたような顔でうたっています。且はしばらくと読んで、まあまあというような意味です。やりきれない気持が表れています。

この詩につきまして、昔から、これはいくらなんでもひどすぎる、陶淵明先生はお酒に酔ってふざけて作ったのだと言いますけれども、私はこれは冗談めかしてはいるが、案外真実のことをうたったのではなかっ

たかと思っています。陶淵明の伝記をみますと、これほどひどくはないにしても子どもたちが詩とか文章とかに関係のある記事はなく、お父さんの陶淵明が晩年に足が悪くなって歩けなくなった時に、子どもがかごをかいたとありますから、どうもパッとしないことはたしかです。哲人陶淵明でも、子どもはままならぬ、という一面を表すおもしろい詩です。

4　出会いと別れのうた

贈衛八処士

人生不相見
動如参与商
今夕復何夕
共此燈燭光
少壮能幾時
鬢髪各已蒼
訪旧半為鬼
驚呼熱中腸
焉知二十載

衛八処士《えいはちしょし》に贈《おく》る　　　杜《と》　甫《ほ》

人生《じんせい》　相《あ》い見《み》ざること
動《やや》もすれば参《しん》と商《しょう》との如《ごと》し
今夕《こんせき》　復《ま》た何《なん》の夕《ゆう》べぞ
此《こ》の燈燭《とうしょく》の光《ひかり》を共《とも》にす
少壮《しょうそう》　能《よ》く幾時《いくとき》ぞ
鬢髪《びんぱつ》　各《おの》おの已《すで》に蒼《そう》たり
旧《きゅう》を訪《と》えば半《なか》ばは鬼《き》と為《な》る
驚《おどろ》き呼《よ》んで中 腸《ちゅうちょう》熱《ねっ》す
焉《いずく》んぞ知《し》らん　二十載《にじっさい》

重上君子堂
昔別君未婚
男女忽成行
怡然敬父執
問我来何方
問答未及已
駆児羅酒漿
夜雨剪春韭
新炊間黄粱
主称会面難
一挙累十觴
十觴亦不酔
感子故意長
明日隔山岳
世事両茫茫

重《かさ》ねて君子《くんし》の堂《どう》に上《のぼ》らんとは
昔《むかし》別《わか》れしとき　君《きみ》未《いま》だ婚《こん》せざりしに
男女《だんじょ》　忽《たちま》ち行《こう》を成《な》す
怡然《いぜん》として父執《ふしつ》を敬《うやま》い
我《われ》に問《と》う　何《いず》れの方《かた》より来《き》たれるかと
問答《もんどう》　未《いま》だ已《や》むに及《およ》ばざるに
児《じ》を駆《か》って　酒漿《しゅしょう》を羅《つら》ぬ
夜雨《やう》に春韭《しゅんきゅう》を剪《き》り
新炊《しんすい》に黄粱《こうりょう》を間《まじ》う
主《しゅ》は称《しょう》す　会面難《かいめんかた》し
一挙《いっきょ》に十觴《じっしょう》を累《かさ》ねよと
十觴《じっしょう》も亦《ま》た酔《よ》わず
子《し》が故意《こい》の長《なが》きに感《かん》ず
明日《みょうにち》　山岳《さんがく》を隔《へだ》つれば
世事《せいじ》　両《ふた》つながら茫茫《ぼうぼう》たり
（五言古詩、韻字は商・光・蒼・腸・堂・行・方・漿・粱・觴・長・茫）

この作品は杜甫が四十八歳の時のものです。当時、杜甫は左拾遺をしくじり、飛ばされて、華州（陝西《せんせい》省）司功参軍という、長安の東の方の、とあるいなかの地方官をしていました。衛八の八は、兄弟の順序を表す番号です。衛賓《えいひん》という人だともいいますが、はっきりしたことはわかりません。処士は役人になっていない人、無官の人。この人は杜甫の若いころに、友だちづきあいをしたとみえます。彼はずっと役人勤めをしないで、質素な暮しをしていたんでしょう。ゆくりなくも二十年後に訪れることになった。この邂逅《かいこう》の喜びと、またすぐに別れなければならない悲しみが、しみじみとした筆致でうたわれています。

人生　相い見ざること、動《やや》もすれば参《しん》と商《しょう》との如し

人間の世ではお互いに顔を合わせないことは、どうかするとあの参星と商星のようにかけ隔たってしまうものだ。動もすればは、どうかすると、ともすると……しがちだ、という意味。

今夕《こんせき》　復た何の夕べぞ、此の燈燭の光を共にす

今晩は一体どういう夕べなのだろうか。実はこのことばは、「今夕《こんせき》は何《なん》の夕《ゆう》べぞ　此《こ》の良人《よきひと》を見《み》る、……今《こん》夕《せき》は何《なん》の夕《ゆう》べぞ　此《こ》の邂逅《かいこう》を見《み》る」という『詩経』（唐風《とうふう》、綢繆《ちゅうびゅう》）の詩句をそのまま引いています。今晩はまた、なんという夕べだろうか、お互いにここの燈火の光を一緒にすることができようとは。思いがけない久しぶりの邂逅の喜びです。

少壮　能《よ》く幾時ぞ、鬢髪《びんぱつ》各おの已《すで》に蒼たり

「少壮能《しょうそうよ》く幾時《いくとき》ぞ」というのもそのまま昔の詩にあります。漢の武帝の「秋風《しゅうふう》の辞《じ》」に、「少壮能く幾時ぞ　老《お》いを奈何《いかん》せん」と。若くて盛んな時、一体それはどれほどの長さがあるだろうか、あっという間に年をとるのをどうしようもない。蒼は黒いものに白いものがまじっていることで、ごま塩とでも訳しておきましょう。二人とも、ごま塩頭になってしまったなあ。

旧を訪《と》えば半ばは鬼《き》と為《な》る、驚き呼んで中腸《ちゅうちょう》熱す

昔なじみのことをあれこれ問い尋ねてみると、半分はもう死者になっている。旧は昔なじみ。訪は問の意。鬼は死者のこと。あれも死んだなあ、これも死んだなあ、指折り数えてみると半分はもう死んでいる。ああ、彼もか、と驚き呼ぶたびに、おなかの中がカアッと熱くなる。中腸熱すという言い方、これも昔の詩にありますが、いかにも悲しみを具体的に表現したことばです。

焉《いず》くんぞ知らん　二十載、重ねて君子の堂に上らんとは

焉んぞ知らんは反語で、思いもかけないことだった、二十年経って再びあなたの家のお座敷に上がろうとは。君子は衛八を指し、堂は座敷のこと。二十年前にはこの座敷にご両親がおられて、衛八さんは息子であった。訪ねた時にはご両親ともご挨拶をした思い出もよみがえる。しかし二十年経って衛八君のご両親は当

然いないわけです。このところは書いてありませんけれども、旧を訪えば鬼となる、の中には衛八君の両親も含まれており、二十年経って代替りしているというニュアンスがあると思います。それで次につながります。

昔別れしとき 君 未だ婚せざりしに、男女 忽《たちま》ち行《こう》を成す

昔別れた時には君はまだ独身だったねえ。ところが今は息子、娘がぞろぞろ出てくるじゃないか。行は行列。行を成すは、一人や二人の子供ではなくて息子も娘もたくさんいるんでしょう。それがぞろぞろと出てきた。二十年の歳月を目のあたりにする心地です。

怡然《いぜん》として父執《ふしつ》を敬い、我に問う 何れの方より来たれるかと

怡然はにこにこすることで、陶淵明の「桃花源の記《とうかげんのき》」にもあることばです。父執は父の友だち。おとうさんの友だちである私のことを敬ってご挨拶をし、私に、どこからおいでになりましたか、と尋ねた。これはお客に対する礼儀正しい挨拶です。このへんにもこの息子や娘たちがきちんとしつけられており、いい家庭だということがわかります。ひいては衛八君の人となりも彷彿とします。

問答 未だ已むに及ばざるに、児を駆って酒漿《しゅしょう》を羅《つら》ぬ

まだご挨拶が全部すまないのに、さあさあといって、子供をうながして、酒や飲物を並べさせる。二十年

ぶりに訪れた友をいかにも待ちかねていたというようにもてなす様子がよくでています。すばらしいのは次の二句です。

　　夜雨に春韭《しゅんきゅう》を剪《き》り、新炊に黄粱を間《まじ》う

いま夜、雨が降っている。その夜の雨の中に春の韮《にら》を切ってきた。韭は韮と同じです。お客さんがいらっしゃったというので、さっそく雨の降る中を庭へ出て韮をつんでくる。そして炊いたばかりのごはんには、黄粱、黄色いあわがまじっている。清貧の精一杯のごちそうです。このなにげない二句の間にしみじみとした感じが漂ってきます。ここのところが非凡なのです。夜の雨が降っているのもこの場の雰囲気にぴったりですし、そうしてその春の雨によって育っている韮が、手のこんだご馳走ではない、粗末なものではあるけれども、心のこもったおかずとして、まことにぴったりです。ここには陶淵明の「山海経《せんがいきょう》を読む」という詩の中ほどに、

　　歓言酌春酒　　歓言《かんげん》して春酒《しゅんしゅ》を酌《く》み
　　摘我園中疏　　我《わ》が園中《えんちゅう》の疏《そ》を摘《つ》む
　　微雨従東来　　微雨《びう》　東《ひがし》より来《き》たり
　　好風与之倶　　好風《こうふう》　之《これ》と倶《とも》にす

歓んで春じこみの酒を酌み、わが庭の野菜を摘む、よい雨が東から降って、よい風も吹いてくる、とある

句の連想もあるでしょう。しみじみとした感情が二句にこめられていると思います。
最後の六句は結論になります。

主は称す会面難し、一挙に十觴《じっしょう》を累《かさ》ねよと

主はあるじ、主人。会面は面会と同じです。衛八さんは、顔を会わせるのはなかなか難しいから、一飲み十杯飲んでくださいと言う。觴はさかずき。累ねるとは何杯も飲むこと。ひさしぶりの邂逅だが、今度はまたいつ会えるかわからない、まあせめて今晩だけでもゆっくりやってください、という気持。

十觴も亦《ま》た酔わず、子《し》が故意の長きに感ず

十杯飲んでも酔いません、あなたの私に対する親しい気持、いつまでも変わらない親しい気持に私はすっかり感じてしまったのです。長いは深いということ。深い友情にもう胸がいっぱいです。

明日　山岳を隔つれば、世事　両《ふた》つながら茫茫《ぼうぼう》たり

あしたになってまたお別れ。二人の間には山が隔てられる。そうなってしまえば、世の中のことも、人の運命も両方ともどうなることやら。世事、両つながらとは、世（塵世—世の中）と事（人事—人の運命）の両方ともの意です。茫茫はあてもなくつかみどころのない形容で、将来に対する不安というものがここに表されています。ここは公的には、安禄山の乱もまだすっかり治まっていないし、昔日の唐王朝の繁栄はもうと

りもどすべもないということ、私的には、左拾遺をしくじって、こんな片いなかの、しがない役人になっている、お先真っ暗だという絶望感があると思います。また衛八君にしても処士の暮しですし、戦乱後の苦しい中で、お互い年もとっておりますから、この先どうなるかというようなことで結んでおります。

この作品は心のひだのようなところが実によく描かれた、奥深い味わいの詩です。ことに印象的なのは、なにげない夜の情景の一コマ、「夜雨に春韮を剪り、新炊に黄粱を間う」という、この二句です。この二句があるためにグッとこの場の情景が、具体的に読者に迫ってくることが感ぜられるでしょう。

贈汪倫
李白乗舟将欲行
忽聞岸上踏歌声
桃花潭水深千尺
不及汪倫送我情

汪倫《おうりん》に贈《おく》る　李《り》白《はく》
李《り》白《はく》　舟《ふね》に乗《の》って　将《まさ》に行《ゆ》かんと欲《ほっ》す
忽《たちま》ち聞《き》く　岸上踏歌《がんじょうとうか》の声《こえ》
桃花潭水《とうかたんすい》　深《ふか》さ千尺《せんじゃく》
及《およ》ばず　汪倫《おうりん》　我《われ》を送《おく》るの情《じょう》に
（七言絶句、韻字は行・声・情）

汪倫は名もない村人です。地酒造りをしていた人といいます。おそらくこれは李白の晩年、安徽《あんき》省の辺りを放浪していた時の作品と思われます。桃花潭というところが安徽省涇県《けいけん》の西南にあり、その付近に地酒造りの汪倫さんというのがいたのです。李白は生涯のほとんどがそうだったんでしょうけれども、その土地その土地の有力者に招かれて行って、もてなしを受けては、また別な所へ行くという生活をしていたらしい。ここでも汪倫さんにずいぶん世話になって、いよいよお別れする時のお礼の気持を表した作品です。

李白　舟に乗って　将《まさ》に行かんと欲す

まず、李白と自分のことを本名で言っているのがおもしろい。わが輩李白は、という感じになっています。型破りの出だしです。また「李白」は、すももが白い、という意味がありますから、第三句の「桃花潭」とうまい対照になっています。小舟に乗って出発しようとしている。将と欲の二つの字は同じ意味なので、このへんにちょっとくだけた感じがします。すると、

忽《たちま》ち聞く　岸上踏歌の声

この忽ちは、ふとというほどの意味。ふと聞えたのは、岸のほとりに足を踏みならしながらうたう歌声だ。踏歌というのは、足を踏んで、手をつないで、リズムをとりながらうたう歌なのですが、汪倫さんを筆頭にして村人たちが連れだってやってきているものとみえます。賑やかな歌声です。

桃《とう》花《か》潭水《たんすい》　深さ千尺

この桃花潭の淵の水は深いこと千尺もあるという。ここは「桃花潭の水深さ千尺」と読むのもあります。

及ばず　汪倫　我を送るの情に

それでもその深さは、汪倫君が私を送ってくれる情の深さには及ばないんだ。桃花潭はこの村の名所でしょう。それを当意即妙に用いて、友情の深さの引合いにしているあたり、李白らしい機智のひらめきです。たいへんわかりやすい、やさしい詩です。おそらく一杯機嫌で即座に作ったものでしょう。飾らぬ心がよくでています。ことにおもしろいのは村人たちが手をとり足を踏みながら歌ってくるというところ、このへんに民衆に人気のあった李白という人のおもかげが彷彿とします。きっと李白先生、どこへ行っても大歓迎だったのでしょう。汪倫はこの詩のおかげで名を残すことになりました。

易水送別

此地別燕丹
壮士髪衝冠
昔時人已没
今日水猶寒

易水送別《えきすいそうべつ》　　駱賓《らくひん》　王《のう》

此《こ》の地《ち》　燕丹《えんたん》に別《わか》る
壮士《そうし》　髪《はつ》　冠《かん》を衝《つ》く
昔時《せきじ》　人《ひと》　已《すで》に没《ぼっ》し
今日《こんにち》　水《みず》　猶《な》お寒《さむ》し

（五言絶句、韻字は丹・冠・寒）

駱賓王（？―六八四）は初唐四傑の一人に数えられる詩人です。たいへんな硬骨漢で、則天武后の腐敗した政治に叛旗を翻すほうに加わり、その最後は行方不明になってしまいました。

易水は今の河北省を流れている川です。戦国時代、この地方は燕《えん》という国でした。その燕の太子の丹《たん》の頼みを聞いて荊軻《けいか》という人物が、後に始皇帝となった秦の王を暗殺に出かける、その送別をしたところが易水のほとりでした。それから九百年後、ここで駱賓王もある人物と別れたのです。

此の地 燕丹《えんたん》に別る、壮士 髪冠《はっかん》を衝く

この易水の地で、燕の太子、丹と別れた、かの壮士、荊軻は怒髪《どはつ》冠をついたことだった。荊軻が秦王を暗殺するためにいよいよ出かけるその時に、人々は白装束をして見送ったのです。荊軻は友人のかき鳴らす筑《ちく》(琴の一種)に合わせて、悲しみ、怒りの気持をこめて歌をうたいます。

風 蕭 蕭 兮 易 水 寒　　風《かぜ》蕭蕭《しょうしょう》として易水《えきすい》寒《さむ》し

壮 士 一 去 兮 不 復 還　　壮士《そうし》一《ひと》たび去《さ》って復《ま》た還《かえ》らず

と。その歌のものすごさに見送る人々の髪はみな冠を衝いた、といいます。髪が冠を衝くというのは、みなさんも経験がおありでしょう。怒ったり悲しんだりする時に毛穴がしまるのを。その毛穴のしまるような感じをいうのです。うまい表現です。怒髪天を衝くという言い方もあります。山嵐のような髪の毛になることです。そして皆、キッとばかりに目つきを鋭くして思わず慷慨の気持をおこしたのです。しかし、荊軻の暗殺は失敗し、歴史は変わりませんでした。荊軻が秦王を追いつめ、もう少しのところで失敗する、その手に汗にぎる場面は『史記』の「刺客列伝」に実に生きいきと書かれてあります。

昔時《せきじ》 人 已《すで》に没し、今日 水 猶《な》お寒し

その当時の人々はもう死んでしまい、今はただ、易水の水だけが変わらず寒々と流れている。これはある人を見送った作品ですが、どうもこの内容からみると、先ほどいいましたような則天武后朝の政治のやり方に不満をいだき、抵抗の旗あげをしようとする人物を見送ったものかとも思います。一説に、それは徐敬《じょけい》業《ぎょう》だといいます。その人物といにしえの荊軻とが二重写しになっているところがこの詩のみどころです。易水といえば誰でも思い浮べる荊軻の物語、そしてそのピーンと張りつめた雰囲気、今日もなおそれは水の流れとともにある。人は死んでしまったが、その雰囲気は依然としてある。その中で、今、叛旗を翻して出で立つ人を見送っているという、たった二十字ですが、気骨あふれる力強い作品です。一読、名状しがたい緊張感が漂う心地です。

駱賓王はその後徐敬業に加わって、結局失敗したのですが、反乱の決起をうながす檄文に、

一 抔 之 土 未 乾　一抔《いっぽう》の土《ど》 未《いま》だ乾《かわ》かざるに
六 尺 之 孤 安 在　六尺《りくせき》の孤《こ》 安《いず》くにか在《あ》る

という句（先帝のお墓の土が乾かぬのに、幼帝の身はいかに、の意）があったのを則天武后が見て、これほどの人物を用いなかったのは宰相の過ちである、と言ったといいます。行方不明になった駱賓王は、姿を変

えて浙江の霊隠寺に僧となってかくれ住んだという言い伝えもあります。

度桑乾

客舎并州已十霜
帰心日夜憶咸陽
無端更渡桑乾水
却望并州是故郷

桑乾《そうかん》を度《わた》る　　　賈《か》島《とう》

客舎《かくしゃ》并州《へいしゅう》　已《すで》に十霜《じっそう》
帰心《きしん》　日夜《にちや》　咸陽《かんよう》を憶《おも》う
端《はし》無《な》くも　更《さら》に渡《わた》る　桑乾《そうかん》の水《みず》
却《かえ》って并州《へいしゅう》を望《のぞ》めば　是《こ》れ故郷《こきょう》

（七言絶句、韻字は霜・陽・郷）

賈島は、一番最初の「推敲」の話で触れた通り、韓愈の弟子になります。はじめ僧侶となり無本と号しましたが、韓愈に見出されて還俗し、その後進士の試験に合格しております。役人としては出世せず、地方官で終りました。死んだ時、家には一銭の蓄えもなく、ただ病気のロバと古琴が一つあったきりといいます。

この作品を見ますと、意にそまぬ地方官暮しの苦労の様子がうかがえます。桑乾という川は前の詩の易水《えきすい》に近い、山西省を流れている川です。

客舎并州　已に十霜

客舎は旅のすまいをしているという意味で、この場合は、旅暮しをするという動詞です。并州に客舎すること、と読んでもよい。并州は今の山西省の太原《たいげん》です。十霜は、十回霜がおりることで十年を意味します。この并州に旅ずまいすることもう十年。

桑乾を度る（唐詩選画本）

帰心　日夜　咸陽を憶《おも》う

帰りたいという心は、日に夜につのって、懐かしい咸陽を憶うのだ。咸陽というのは実は長安を意味します。本当は咸陽と長安は別の街で、長安の街の北を流れる渭水《いすい》の向こう岸が咸陽です。昔、秦の都があった所。しかし、大きな目で見ますと、同じ所にありますので、ここでは咸陽は長安の別称になっています。都の長安に帰りたいなと、日に夜に思い暮らす私であった。

端《はし》無くも　更に渡る　桑乾の水

しかしながら、今、思いもかけず、さらに桑乾の河水を渡って都から離れ、逆の方向へ行くことになった。このへんは咸陽・并州・桑乾の位置関係をよく頭に入れておかねばなりません。無端は、そうしようと思っているのではなく、の意。

却《かえ》って幷州を望めば　是《こ》れ故郷

却っては、ふり返ってという動詞の意味と、反対にという副詞的な意味がありますが、今、後者にとっておきます。だから、かえって、いやだいやだと思って暮した幷州を望み見ると、まるで故郷のような感じがしてくる。この詩のおもしろさはこの句にあります。この句を提出するために最初の句があります。幷州ということばが同じ所に向かいあっていることがわかるでしょう。第一句ではいやな幷州、第四句ではそれが故郷のように感じられる幷州なのです。いやだと思った幷州もふるさとのような気がしてくるなあ、という、まことに切ない望郷の歌です。望郷の詩としてひとひねりした味になっています。賈島の履歴の中で、このへんのことははっきりしませんが、どうせあくせく暮していた時分の、みじめな旅なのでしょう。桑乾などという、遠い片いなかの川をとぼとぼ渡って行かねばならない心細さが、読む者に迫ってきます。

なお、芭蕉に「秋十年《ととせ》却って江戸を指す故郷」という句があります。

5　隠居のうた

回郷偶書

少小離家老大回
郷音無改鬢毛衰
児童相見不相識
笑問客従何処来

回郷偶書《かいきょうぐうしょ》　　賀《が》　知章《ちしょう》

少小《しょうしょう》　家《いえ》を離《はな》れて　老大《ろうだい》にして回《かえ》る
郷音《きょういん》　改《あらた》まる無《な》く　鬢毛《びんもう》衰《おとろ》う
児童《じどう》　相《あ》い見《み》て　相《あ》い識《し》らず
笑《わら》って問《と》う　客《かく》は何処《いずこ》より来《き》たると

（七言絶句、韻字は回・衰・来）

賀知章（六五九―七四四）は李白を見出した人として知られています。天宝の初め、西暦七四〇年代ですが、年八十いくつになり、いよいよ役人をやめて故郷に帰ろうとしました。その時に玄宗皇帝が、長年ご苦労であった、一つおまえに褒美をやりたい、なんでも好きなものを言ってみよ、とのこと。賀知章は、ほかのものは何もいりません、ただ私の郷里にいい湖があります、その湖一つ賜りたい、と答えました。それでその湖をもらったのですが、それが、李白の「子夜呉歌」の夏の歌（二〇八ページ参照）にもでてきました鏡湖《きょうこ》です。いかにも賀知章の人がらを物語るような話です。無欲で磊落《らいらく》な人がらです。李白とうまが合ったというのも、むべなるかなという感じです。なお、これから少しのち、杜甫が「飲中八仙歌」という都の八人の飲んべいを歌った詩を作りましたが、その筆頭に取り上げられています。

知章騎馬似乗船　　知章《ちしょう》が馬《うま》に騎《の》るは船《ふね》に乗《の》るに似《に》たり
眼花落井水底眠　　眼花《がんか》して井《い》に落《お》ちて水底《すいてい》に眠《ねむ》る

と。ユラリユラリと馬に乗って、井戸の中に落ちたとも知らずに眠りこけている、という、ユーモラスなじいさんの面目躍如です。

さてこの詩は、故郷に帰ってたまたま書きつけた詩二首の一つです。

少小　家を離れて　老大にして回《かえ》る

少小は年の若いこと。老大はその反意語で年を取ること。若いころに故郷の家を離れて年を取って帰って来た。

郷音《きょういん》　改まる無く　鬢毛《びんもう》衰う

郷音、お国なまりはいっこう改まらないが、年を取って髪のあたりの毛はすっかり衰えて、抜けたり白くなったりしてしまった。国なまりが改まらないというところが、しみじみした感じをよく与えています。賀知章は進士の試験に合格したのが則天武后朝の証聖《しょうせい》の初め（六九五）といいますから、五十年位も宮仕えしたわけです。しかし、やはり若い時の、なまりは消えないのです。

児童　相い見て　相い識《し》らず、笑って問う　客は何処《いずこ》より来たると

子どもたちが私と顔を合わせても、私のことを知らない。相見・相識の相は、ここはお互いにの意です。こちらも子どものことを知らないし、子どもも私のこと知らない。それでにここしながら、お客様はどちらからいらっしゃいましたか、と尋ねた。子どもにとってみますと、このおじいさん、まさかここの人だとは思わない。自分はなまりも改まらず故郷へ帰って来たつもりでも、なにしろ五十年間も故郷を離れていますから子どもの目にはどうしても余所者《よそもの》です。そこで無邪気に聞いた。その無邪気に聞いた感じが、笑って問うということなんですけれど、年取って帰って来た作者にとってみると、そこに胸をつかれるものがあります。ああそうだな、私はいつのまにか余所者になっていたんだ、と。無邪気な子どもの笑顔と、年老いた作者との対比、そこに深い悲哀、故郷喪失者《ハイマート・ロス》の嘆きが、漂ってくるという、そういう詩です。ことばはやさしいが、深い心をうたった詩といえましょう。それにしても「笑」という字と「客」という字が実によく効いていますね。この二字がこの詩の目になっているといえましょう。

毬子

袖裏繡毬直千金
謂言好手無等匹
箇中意旨若相問
一二三四五六七

毬子《きゅうし》　良寛《りょうかん》
袖裏《しゅうり》の繡毬《しゅうきゅう》　直千金《あたいせんきん》
謂《おも》えらく　好手《こうしゅ》　等匹《とうひつ》無《な》しと
箇中《こちゅう》の意旨《いし》　若《も》し相《あ》い問《と》わば
一二三四五六七《いちにさんしごろくしち》

（七言絶句、韻字は匹・七）

毬子というのは手まりのことです。
袖裏《しゅうり》の繡《しゅう》毬《きゅう》直《あたい》千金
袖の中の刺繡をしたきれいな手まりは千金の値段にも当たる。直千金というのは、宋の蘇東坡の「春夜」という詩に「春宵一刻直千金《しゅんしょういっこくあたいせんきん》」という有名な句があるので、それをもってきたものです。
謂《おも》えらく　好手　等匹《とうひつ》無しと
自分で思うに、手まりの名人で私に匹敵するものはないだろう。等匹は匹敵する者という意味です。
箇中《こちゅう》の意旨　若《も》し相い問わば、一二三四五六七箇中は、その中ということです。手まりをつくということの意旨《こころ》を人がもし私に尋ねるならば、私はただ答えよう、一《ひい》二《ふう》三《みい》四《よう》五《いつ》六《むう》七《な》、と。一種、禅問答のような詩です。ただ、ひい、ふう、みい、よと手まりをついて楽しんでいる、それだけだ。そこになんの意味もあるわけではない、手まりをついている、それ自身に楽しみがある、ということです。これは良寛さまが、村の子どもを相手にして手まりをついて楽しんでいたという、無心、無邪気の境地がよくでております。考えてみれば、これほどに没入するということはなかなかできないことです。だから、人を食ったうたい方の中に、世人に対して、「どうじゃ」という態度がうかがわれるのです。

なお、良寛の歌の中に

この里に手まりつきつつ子どもらと遊ぶ春日《はるひ》は暮れずともよし

という和歌もあり、この詩と対応いたします。

この詩のおもしろみは、「一二三四五六七」とただ数字を並べただけという人を食ったところにありますが、実はすでに先人の句があります。唐の羅隠《らいん》という隠者の立春を詠んだ詩「人日立春」に、

人日立春　羅《ら》隠《いん》

一二三四五六七
万木生芽是今日

人日立春《じんじつりっしゅん》

一《いち》二《に》三《さん》四《し》五《ご》六《ろく》七《しち》
万木《ばんぼく》芽《め》を生《しょう》ず　是《こ》れ今日《こんにち》

遠天《えんてん》の帰鴈《きがん》　雲《くも》を払《はら》って飛《と》ぶ　　遠天帰鴈払雲飛
近水《きんすい》の游魚《ゆうぎょ》　水《みず》を迸《ほとばし》りて出《い》づ　　近水游魚迸水出

とあります。羅隠の詩は、ある年の正月七日に立春が当たったことから、日かずを、一、二、三と数えたものです。この、一・二・三・四・五・六・七というのは、後に禅問答でよく用いられます。子どもでも知っている、当たり前だ、の意になります。良寛の詩では、それをふまえて、手まりをつく動作を修飾することばにしたものです。むろん、型破りで平仄にもはずれております。そんなことは一切無視した、自然の趣の詩なのです。

竹里館
独坐幽篁裏
弾琴復長嘯
深林人不知
明月来相照

竹里館《ちくりかん》　　王《おう》維《い》
独《ひと》り坐《ざ》す　幽篁《ゆうこう》の裏《うち》
弾琴《だんきん》　復《ま》た長嘯《ちょうしょう》
深林《しんりん》　人《ひと》知《し》らず
明月《めいげつ》来《き》たって相《あ》い照《て》らす
（五言絶句、韻字は嘯・照）

この詩は、王維の「輞川二十景」の中の一つです。前に「鹿柴」（『新漢詩の世界』五六ページ）、「椒園」

「木蘭柴」（本書九、一〇ページ）をあげましたが、この二十景の中には、竹の林の中に館があるところがあって、そこを竹里館と名づけたものです。

独り坐す　幽篁《ゆうこう》の裏《うち》

ただ独り、奥深い竹の林の中に坐っている。幽は奥深いこと。篁はたかむらとも読みますが、竹の林のこと。裏《り》は、うちと読み、なかという意味です。うらではありません。

弾琴　復《ま》た長嘯《ちょうしょう》

その竹の林の中で、琴を弾いたり、長嘯したりしている。このへん、竹林の七賢への連想があります。嘯は元来は養生法の一つにあるものですが、胸いっぱい気を吸って口をすぼめて吐き出す。その時に大きな音がするのです。竹林七賢の一人阮籍《げんせき》が蘇門《そもん》山に棲む隠者孫登《そんとう》に会っての帰り、峰を半分下りると、後から孫登の嘯の声がして山いっぱいにとどろいたといいます。「蘇門の嘯」という故事です。ここでは、琴を奏《かな》でながら詩でも吟じていると考えてもよいでしょう。この琴を弾いて、誰もいないところで静かに楽しんでいる姿の中には、また陶淵明のおもかげがあります。陶淵明は琴が大好きで独り静かに奏でたといいます。ただし、その琴には絃が張っていなかった、つまり無絃琴《むげんきん》ですから、奏でるというより撫でていたのですが。陶淵明にとって、琴の音がするしないはどうでもよく、琴を静かに撫でている、そこに安らぎがあったのです。王維の場合には、彼自身音楽の才に秀でていましたから、琴にはむろん絃が張ってあったことでしょう。

琴を弾いて誰かに聞かせようというのではない、自分独りの楽しみ。

深林　人知らず

深い林の中であるから、誰もこの楽しみを知らない。

明月来たって相い照らす

やがて日が暮れて、そこへ月がさし上る。この間に時間の経過が暗示されます。昼間からずっと坐って、ここで静かに楽しんでいるうちに、日が暮れて、満月がさし上ります。相い照らすの「相」はこの場合意味はほとんどなく、互いに、という意味ではありません。やって来て照らすということです。誰も知らないこの世界に、自分のこの楽しみを知ってくれるのは、明月だけなのです。月と自分だけの世界に遊ぶ高士の姿、なんと奥深い境地ではありませんか。

こういう詩を読むと、日常あくせく暮しているのがいやになってしまいます。

6　死別のうた

哭孟寂
曲江院裏題名処
十九人中最少年
今日春光君不見
杏花零落寺門前

孟寂《もうじゃく》を哭《こく》す　張《ちょう》　籍《せき》
曲江院裏《きょくこういんり》　名《な》を題《だい》せし処《ところ》
十九人中《じゅうきゅうにんちゅう》　最《もっと》も少年《しょうねん》
今日春光《こんにちしゅんこう》　君《きみ》見《み》えず
杏花零落《きょうかれいらく》す　寺門《じもん》の前《まえ》
（七言絶句、韻字は年・前）

張籍（七六八―八三〇）は中唐の詩人で、白楽天と同時代に活躍しました。この人と王建《おうけん》という詩人と二人仲よしで、似た詩風です。「張王楽府」というような作品もあります。孟寂については、孟郊の従弟という説があります。一つに孟郊となっているのもありますが、前にも述べたように、孟郊は年五十近くで進士に合格したのですから、年齢が合わず、誤りです。

曲江院裏　名を題せし処

曲江院は慈恩寺《じおん》のことです。都の東南に曲江という池があり、その曲江にほど近いところに慈恩寺というお寺があります。これは唐の初め、第三代の高宗が母の恩に報いるために建て、慈恩寺と名づけたものです。玄奘三蔵《げんじょうさんぞう》法師がここに迎えられました。この寺の大雁塔という塔は七層からなる六十メートルの大建築物ですが、今日も千三百年を経て、なおすっくと立っております。唐の時代には、科挙（官吏登用試験）の合格者はここで祝宴を開き、石に名前を彫りつけたものです。晴れがましいことです。「名を題せし」の題は記すの意。

十九人中　最も少年

十九人合格したのだが、最も年が若かったのは君、孟寂君だった。少年は年少と同じです。なお、彼らが合格した年は、第九代徳宗皇帝の貞元十五年（七九九）のことでした。この句が非常に印象的です。

今日春光　君見えず

それから何年かたって、今日、また春がめぐってきた。春の光の中で君の姿はもう見えない。かつて合格の発表のあったあの年、春の光の中で最も若い君は、最も輝いて見えたものだったなあ、という追憶が重なります。

杏花《きょうか》零落す　寺門の前

今、杏《あんず》の花が春の光の中にはらはらと散って、お寺の前に自分はたたずんでいる。零落はうらぶれること、ここでは花が盛りを過ぎて散ることをいいます。杏の花は白い花。その白い杏の花が春風の中にひらひらと落ちるというのも実に心にくい情景です。若死にした友を悼む、感傷の気分が胸をしめつける心地です。

邙山

北邙山上列墳塋
万古千秋対洛城
城中日夕歌鐘起
山上唯聞松柏声

邙山《ぼうざん》　沈《しん》佺期《せんき》

北邙山上《ほくぼうさんじょう》　墳塋《ふんえい》列《つら》なる
万古千秋《ばんこせんしゅう》　洛城《らくじょう》に対《たい》す
城中日夕《じょうちゅうにっせき》　歌鐘《かしょう》起《おこ》る
山上《さんじょう》唯《た》だ聞《き》く　松柏《しょうはく》の声《こえ》

（七言絶句、韻字は塋・城・声）

沈佺期（?—七一三）は初唐の終りごろの詩人で、宋之問《そうしもん》とともに律詩の完成者として知られ、「沈宋」と併称されます。則天武后朝の宮廷詩人でした。

北邙山上《ほくぼう》　墳塋《ふんえい》列《つら》なる

北邙山は洛陽《らくよう》の街の北側《きたがわ》にあって、お墓の並んでいる山です。ちょうどわが国の歌にもある鳥辺野《とりべの》に当たります。その山の上には塁々とお墓が並んでいる。墳塋はお墓のこと。

万古千秋　洛城に対す

万古も千秋も年月の長いこと。永遠にと言ってもよい。永遠にそのお墓は洛陽の街と向い合っている。この対するという字が非常によく効いています。洛陽の街、生者の世界がこちら側にあり、北邙山、死者の世界が向こう側にあって向い合っているのです。

邙山（唐詩選画本）

城中日夕　歌鐘《かしょう》起る、山上唯だ聞く　松柏の声

後半の二句は少し緩《ゆる》いが一応対句と見ることができます。歌鐘は、歌をうたったり、鐘をたたいたり、というようなさんざめき、宴会の様子です。日夕は夕暮。洛陽の街の中では夕暮になると、歌や鐘やらのさんざめきが聞えてくる。ところが、山の上では、聞えるものといえば、ただお墓に植えてある松や柏のゴーッという音ばかりだ。柏はカシワではなく常緑樹のヒノキの一種で、お墓に植える木です。

この詩のみどころは生と死の対比にあります。生者の世界では鐘や太鼓や、というようなにぎやかな音。それにたいして山の上の死者の世界ではゴーッという松籟《しょうらい》の音だけ。まことにドキッとするような対照です。街の人たちもいずれは山のお墓に入るのが定め。その定めも知らぬげに、つかの間の歓楽に酔いしれているという様子が「城中日夕 歌鐘起る」です。これほど鋭く生と死の対照をみつめてうたったものはないでしょう。かくして、第二句の、洛城に対するの対という字が非常によく効いていることがわかるのです。諸行無常の響きが聞えてくるような、厳粛な詩です。

また、この詩の後半の対句仕立ての構成は、ことばのあやに頼ろうとする初唐の絶句の姿を示している、と見ることもできますが、ここでは対句にすることによって、かえって言い放つような趣にもなっていて効果的だと思います。

示児

死去元知万事空
但悲不見九州同
王師北定中原日
家祭無忘告乃翁

児《じ》に示《しめ》す　　陸《りく》游《ゆう》

死去《しきょ》　元《もと》知《し》る　万事《ばんじ》空《むな》しと
但《た》だ悲《かな》しむ　九《きゅう》州《しゅう》の同《おな》じきを見《み》ざるを
王師《おうし》　北《きた》のかた中原《ちゅうげん》を定《さだ》むるの日《ひ》
家祭《かさい》　忘《わす》るる無《な》く　乃翁《だいおう》に告《つ》げよ

（七言絶句、韻字は空・同・翁）

人生の最後は臨終の詩です。陸游（一一二五―一二〇九）は南宋第一の詩人と称されます。この詩人は生涯、北方の金《きん》と戦争することを主張した詩人です。当時中国は北半分を遊牧民族の金王朝にとられて、南半分の国家でしたが、陸游にとってはその金にとられた北の地を取り戻し、もとの大宋王朝に復するのが念願でした。しかし朝廷では腰抜けどもが戦争を嫌って、いたずらに屈辱的な講和を結んでいたという、そういう憤りが陸游にずっと、死ぬまでありました。この詩は、八十五歳の暮に、いよいよ臨終に当たって、子どもたちに示したものです。

死去　元知る　万事空《むな》しと

死ねばすべては空しいと、もとよりよくわかっている。この句は、陶淵明の「飲酒　其の十一」の「死去《しきょ》何《なん》ぞ知《し》る所《ところ》ならん」（死んだら何もわからない）の句をふまえているでしょう。

但《た》だ悲しむ　九州の同じきを見ざるを

ただ悲しいのは、中国全体が一つになるのを見られないことだ。この眼の黒いうちに天下統一が見られなかった、それが残念だ。九州とは、昔中国全土を九つに分けたことから出た言い方で、中国を指します。九州の同《どう》は、中国の統一ということになります。

王師　北のかた中原を定むるの日

王師は、官軍、天子の軍隊。中原は中国の中心地、宋のもとの都の汴京《べんけい》（開封）、洛陽、長安を結んだ黄河の流域一帯。当時、金の支配する地です。天子の軍隊が北のかたのあのとられた中原の地を平定した日には、

家祭　忘るるなく　乃翁《だいおう》に告げよ

乃翁は、おまえのおやじの意味で、つまり自分を指します。家の先祖の祭りには、このおやじの霊に忘れることなく報告しておくれ。

死ねば万事空《むな》しいと言いながら、なお、祭りを忘れるな、とは激しいものです。驚くべき執念です。いかにも愛国詩人陸游の臨終の詩にふさわしい。しかし、残念なことに、彼の死の床の願いも空しく、宋はついに再び天下を統一することはありませんでした。宋も、宋をいじめた金もともに蒙古の元《げん》に滅ぼされ、皮肉にも異民族による統一が成ったとは、陸游の知る由もないことでした。

漢詩関係地図

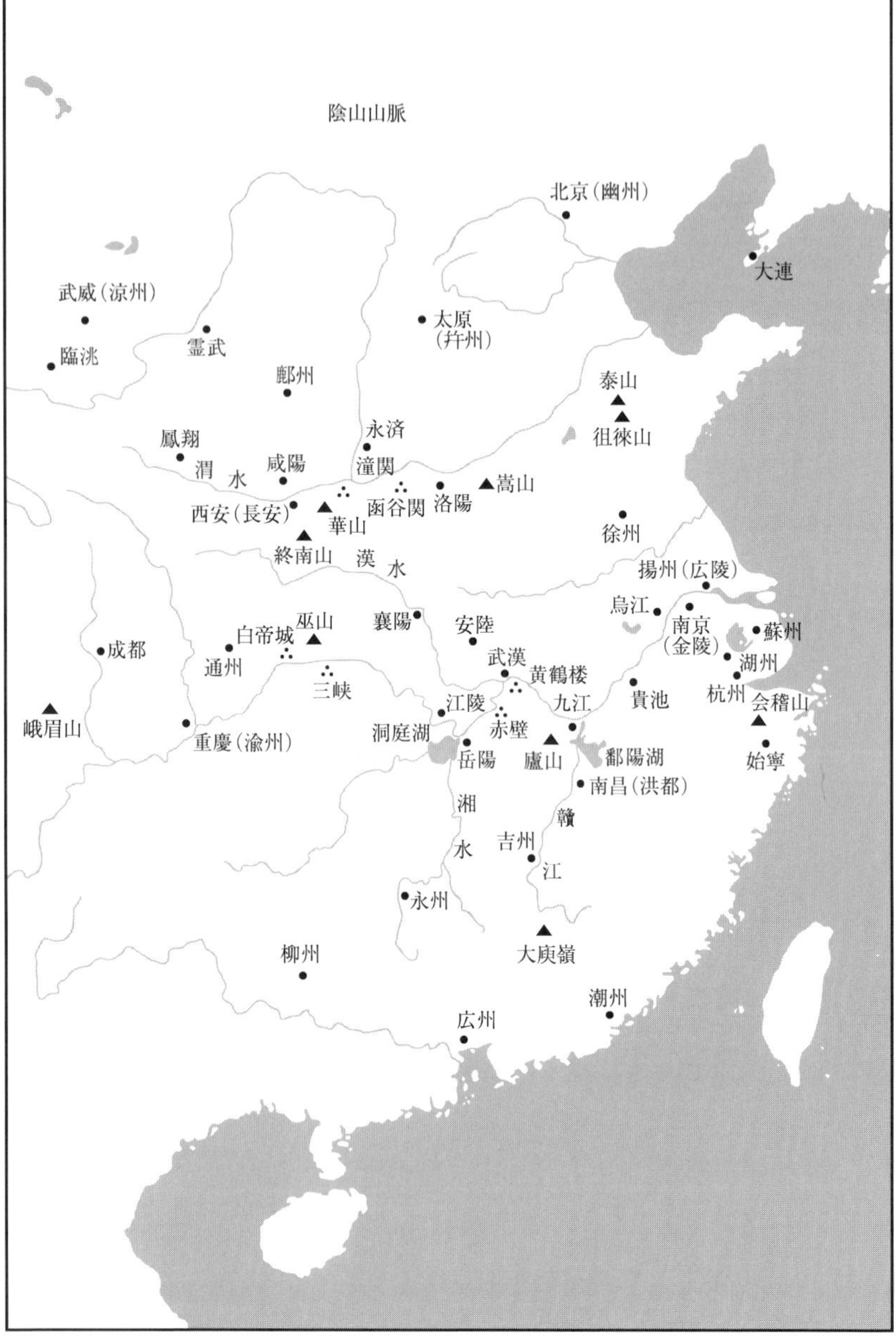
陰山山脈
北京（幽州）
大連
武威（涼州）
霊武
臨洮
太原
（幷州）
鄜州
泰山
徂徠山
永済
鳳翔
渭
水
咸陽
潼関
嵩山
洛陽
函谷関
西安（長安）
華山
徐州
終南山
漢
水
揚州（広陵）
烏江
南京
（金陵）
蘇州
湖州
杭州
会稽山
始寧
襄陽
安陸
白帝城
巫山
成都
通州
三峡
武漢
黄鶴楼
九江
貴池
江陵
赤壁
洞庭湖
峨眉山
重慶（渝州）
岳陽
廬山
鄱陽湖
南昌（洪都）
湘
水
贛
江
吉州
永州
大庾嶺
柳州
潮州
広州

付属CDについて

このCDは、旧版『漢詩の風景』別売テープをもとに再構成したものです。冒頭の音声が「このテープは」となっているなど、旧版のままとなっている部分が多少ございますが、ご了解ください。

●中国語の調べ

日本語朗読／石川忠久
現代中国語音朗読・吟詠／高　翔翮
唐代復元音朗読／平山久雄

1 江雪（日本語朗読・中国語朗読・吟詠・唐代復元音朗読）　4分16秒
2 子夜呉歌　其の三（日本語朗読・中国語朗読・吟詠・唐代復元音朗読）　4分27秒
3 飲酒　其の五（日本語朗読・中国語朗読・吟詠）　4分06秒
4 左遷せられて藍関に至り姪孫湘に示す（日本語朗読・中国語朗読・吟詠）　4分30秒

●吟詠の味わい

5 寒梅　松永芳翠　2分31秒
6 勅勒の歌　伊藤岳智　2分15秒
7 月夜　三叉江に舟を泛ぶ　鈴木吟子　2分23秒
8 山中問答　松永芳翠　2分45秒
9 左遷せられて藍関に至り姪孫湘に示す　伊藤岳智　4分10秒
10 易水送別　岡田紫友　3分27秒
11 汪倫に贈る　鈴木吟子　2分09秒

【伴奏】尺八／磯　牧山
箏／国重歌純

●古琴の響き

歌・演奏／和光琴士

12 子夜呉歌　其の三　1分58秒
13 陽関三畳　7分00秒
14 梅花三弄　7分41秒

【や行】

【ら行】

【な行】

【は行】

【ま行】

【さ行】

【た行】

詩人・詩題別索引

『新漢詩の世界』『新漢詩の風景』の両書に収録した漢詩を、詩人・詩題の50音順に配列し、収録ページを示した。

【あ行】

【か行】

[著者略歴]

石川　忠久（いしかわ　ただひさ）

東京都出身。東京大学文学部中国文学科卒業。同大学院修了。現在，二松学舎大学顧問。二松学舎大学・桜美林大学名誉教授。（公財）斯文会理事長，全国漢文教育学会会長，全日本漢詩連盟会長。文学博士。

著書，『漢詩を作る』『新 漢詩の世界』『石川忠久 漢詩の講義』『日本人の漢詩』『漢詩人 大正天皇』（大修館書店）『石川忠久 中西進の漢詩歓談』（共著・大修館書店）『漢詩のこころ』『漢詩の楽しみ』『漢詩の魅力』（時事通信社）『詩経』（明徳出版社）『隠逸と田園』（小学館）『陶淵明とその時代』『岳堂 詩の旅』『長安の春秋』『東海の風雅』『扶桑の山川』（研文出版）『漢詩を読む　李白100選』『漢詩を読む　杜甫100選』『漢詩を読む　白楽天100選』『漢詩を読む　杜牧100選』『漢詩を読む　蘇軾100選』『漢詩を読む　陸游100選』（NHK出版），『漢詩への招待』（文春文庫）など。

新《しん》 漢詩《かんし》の風景《ふうけい》 CD付《つき》

 NDC921／x, 259p, 図版8p／21cm

初版第１刷――2006年4月10日
　　第２刷――2013年9月 1日

著者――石川忠久《いしかわただひさ》
発行者――鈴木一行
発行所――株式会社 大修館書店
〒113-8541 東京都文京区湯島2-1-1
電話03-3868-2651（販売部）03-3868-2290（編集部）
振替 00190-7-40504
[出版情報] http://www.taishukan.co.jp

装丁者――山崎　登
印刷所――壮光舎印刷
製本所――ブロケード

ISBN978-4-469-23239-4　　Printed in Japan

石川忠久　著

日本人の漢詩

風雅の過去へ

キラ星のごとく輝く中国の詩人たちの作品を、日本人はどのようにして自分たちの血肉としていったのか？　富士山・吉野の桜・隅田川の風情・十三夜の月をテーマにした詩を皮切りに、頼山陽・服部南郭・新井白石・正岡子規・永井荷風・石川啄木・乃木希典などの漢詩を採り上げる。斯界の権威・石川博士が、先人たちの粒々辛苦の跡を追いながら読者を風雅の過去へと導く。

（四六判・三四四頁・本体二、五〇〇円）

石川忠久　著

漢詩の講義

多くの聴衆を感動の渦にまきこんだ、あの名講義を再現！　いつの時代にあっても変わらずに愛読・愛誦されてきた心の古典、漢詩。その泰斗・石川博士が、中国文化への深い造詣をもとに、人生の折々にふれる漢詩の深い味わいを時には趣深く、時には軽妙に語る。奥深い漢詩の世界を八つのテーマにわけて味わいつくす好評の全国縦断名講演シリーズの単行本化。漢詩ファン必読の一冊。

（四六判・二九〇頁・本体二、二〇〇円）